COSMOGRAPHIE

ÉLÉMENTAIRE

PAR

Madame P. FONSÉCA.

DEUXIÈME ÉDITION

PARIS

IMPRIMERIE ET LIBRAIRIE CLASSIQUE DE PAUL DUPONT

RUE DE GRENELLE-SAINT-HONORÉ, 45.

1863.

COSMOGRAPHIE ÉLÉMENTAIRE

V.

COSMOGRAPHIE

ÉLÉMENTAIRE

PAR

Madame P. FONSÉCA.

DEUXIÈME ÉDITION

PARIS

IMPRIMERIE ET LIBRAIRIE CLASSIQUE DE PAUL DUPONT

RUE DE GRENELLE SAINT-HONORÉ, 45.

1863.

COSMOGRAPHIE

ÉLÉMENTAIRE.

I. — Notions géométriques relatives à l'étude de la cosmographie.

1. La *géométrie* est la science qui a pour objet la mesure de l'étendue.

2. Les *solides ou corps géométriques* ont trois dimensions : *longueur, largeur* et *hauteur.*

3. Les limites des solides s'appellent *surfaces;* elles ont deux dimensions : *longueur* et *largeur.*

4. Les limites des surfaces sont les *lignes;* elles n'ont qu'une seule dimension : la *longueur.*

Les lignes sont limitées par des *points;* les point n'ont pas d'étendue.

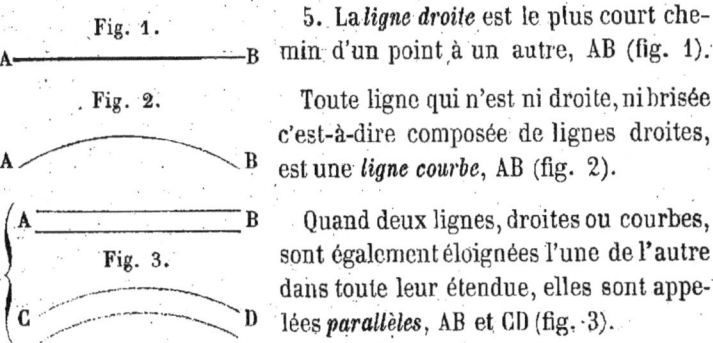

Fig. 1.

Fig. 2.

Fig. 3.

5. La *ligne droite* est le plus court chemin d'un point à un autre, AB (fig. 1).

Toute ligne qui n'est ni droite, ni brisée c'est-à-dire composée de lignes droites, est une *ligne courbe*, AB (fig. 2).

Quand deux lignes, droites ou courbes, sont également éloignées l'une de l'autre dans toute leur étendue, elles sont appelées *parallèles*, AB et CD (fig. 3).

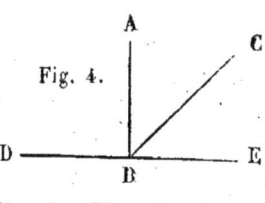

Fig. 4.

6. Lorsque deux lignes AB et CD se rencontrent (fig. 4), la quantité plus ou moins grande dont elles sont écartées l'une de l'autre, quant à leur position, s'appelle *angle;* le point de rencontre ou *d'intersection* B est le *sommet* de l'angle ABD, et les lignes AB et BD en sont les *côtés.*

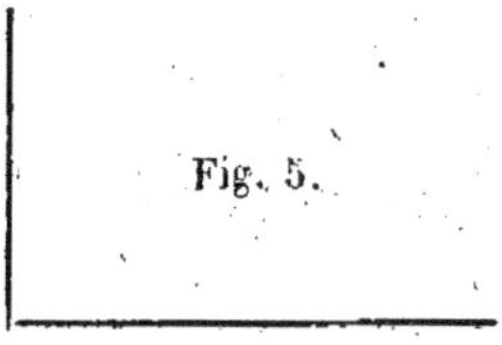

Les angles sont *droits, aigus* ou *obtus.*

Fig. 5.

Si une ligne droite AB rencontre une autre droite DE, de telle sorte que les angles adjacents ABD et ABE soient égaux entre eux, chacun de ces angles s'appelle un *angle droit,* et la ligne AB est dite *perpendiculaire* sur DE.

Tout angle plus petit qu'un angle droit est un *angle aigu* (fig. 6).

Tout angle plus grand qu'un angle droit est un *angle obtus* (fig. 7).

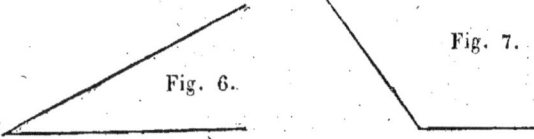

Fig. 6.

Fig. 7.

7. Un *cercle* est une surface plane renfermée par une ligne courbe appelée *circonférence,* dont tous les points sont également éloignés d'un point intérieur nommé *centre* O (fig. 8).

La *circonférence* égale trois fois plus 1/7 la longueur du diamètre.

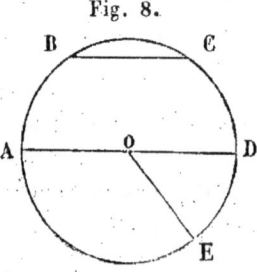

Fig. 8.

8. On appelle *diamètre* une ligne droite qui, passant par le centre d'un cercle, a ses deux extrémités à la circonférence, AD (fig. 8). Tout diamètre partage le cercle en deux parties égales appelées *demi-cercles.*

9. Le *rayon* d'un cercle est une ligne droite qui va du centre à la circonférence, OE (fig. 8).

Un arc de cercle est une partie de circonférence, AB, AE, etc. (fig. 8.)

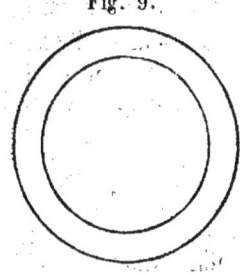
Fig. 9.

10. On entend par *cercles parallèles* ceux qui sont également éloignés les uns des autres dans tous les points de leur circonférence (fig. 9).

11. La circonférence de tout cercle se divise en 360 parties égales appelées *degrés;* chaque degré se divise en 60 *minutes,* chaque minute en 60 *secondes* et chaque seconde en *centièmes* de seconde.

Le degré s'indique par le signe suivant, °, la minute par ', la seconde par ". Exemple : 8° 24' 36".

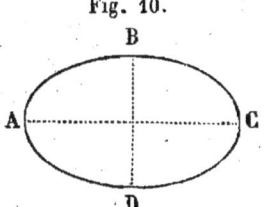
Fig. 10.

12. Une *ellipse* ABCD (fig. 10) est une courbe symétrique, composée de quatre quadrants égaux entre eux, AB, BC, CD et DA. Elle a deux axes inégaux AC et BD.

13. Une *sphère* (globe) est un solide terminé par une surface courbe dont tous les points sont également distants d'un point intérieur qu'on appelle *le centre* (fig. 12 et 14).

II. — Cosmographie en général.

1. La *cosmographie* a pour objet de décrire le ciel, d'expliquer les changements que nous remarquons dans les corps célestes et de déterminer quel rôle joue la terre au milieu de ces corps.

2. On appelle *ciel* l'espace immense dans lequel est disséminée cette multitude innombrable de corps appelés *astres.*

3. La science qui a pour objet l'étude des astres et des phénomènes célestes s'appelle *astronomie.*

4. Les astres se divisent en deux classes: 1° les *étoiles fixes;* 2° les *astres errants,* qui comprennent les *planètes,* les *satellites* et les *comètes.*

III. — Étoiles fixes.

1. Les *étoiles fixes* sont des astres lumineux par eux-mêmes qui rayonnent la lumière et la chaleur.

2. On les appelle fixes parce qu'elles conservent entre elles, à peu de chose près, la même position.

3. Elles sont à des distances immenses de la terre, car Sirius, l'une des plus rapprochées de nous, puisqu'elle n'occupe que le troisième rang par ordre de distance, est quatre cent mille fois plus éloignée que le soleil, et sa lumière emploie six ans à traverser l'espace qui est entre elle et la terre.

4. Toutes les étoiles fixes ne nous paraissent pas de la même grandeur, soit à cause de leurs divers degrés d'éloignement, soit qu'en effet elles soient plus grosses les unes que les autres. C'est ce qui les a fait distribuer en plusieurs classes. Ainsi, celles qui donnent une lumière vive et scintillante sont appelées étoiles de *première grandeur*.

5. On compte vingt étoiles de première grandeur, parmi lesquelles Sirius est au premier rang par son éclat lumineux.

6. On entend par *scintillation* le mouvement rapide de lumière qu'on remarque dans ces étoiles, et on l'attribue au passage de leurs rayons lumineux parmi des couches d'air de densité différente.

7. Les étoiles de *deuxième grandeur* sont celles qui sont les plus brillantes après les premières, et l'on continue ainsi tant que le télescope en découvre.

8. On a compté longtemps dix ordres de grandeur, mais les lunettes actuelles permettent d'en distinguer quinze ordres.

9. Les étoiles des six premiers ordres sont visibles à l'œil nu et s'élèvent au nombre d'environ 5,500; quant à celles que le télescope permet de distinguer, le nombre en est immense.

10. On pense que, semblables au soleil, qui est lui-même une etoile fixe, ces astres innombrables sont les centres d'autant de systèmes planétaires imperceptibles pour nous.

11. Les étoiles sont diversement colorées : les unes sont blanches, c'est le plus grand nombre ; d'autres sont rouges et d'autres sont bleues. Quelques-unes changent de couleur, telles que Sirius qui autrefois était rougeâtre et qui est blanche aujourd'hui.

12. On observe en outre dans l'espace un nombre considérable de points blanchâtres appelés *nébuleuses*. Ce sont des amas de plusieurs milliers de millions d'étoiles fort rapprochées les unes des autres et à des distances de la terre telles que, pour les désigner, il faudrait recourir à des nombres que l'imagination ne peut concevoir.

13. La *voie lactée* n'est elle-même qu'une large bande irrégulière de nébuleuses qui traverse le ciel du sud au nord.

Les étoiles qui la composent sont parfaitement distinctes avec une lunette. Elle entoure notre système planétaire, qu'on suppose avoir été formé par la condensation de la matière qui compose cette belle nébuleuse.

On croit généralement aussi que les nébuleuses sont les foyers d'une éternelle création où les astres se forment insensiblement et continuellement sous l'empire de forces toujours actives.

14. Les étoiles fixes se partagent encore en divers groupes appelés *constellations*. Ce sont des figures tout à fait fictives auxquelles on a donné les noms de différents personnages, d'animaux ou de divers objets.

15. Le nombre des constellations admises est de cent huit. Les plus remarquables sont : la *Grande-Ourse*, composée de cinquante-six étoiles visibles à l'œil nu, parmi lesquelles il y a un groupe de sept étoiles très-brillantes, qu'on appelle vulgairement le *Chariot* ; *Orion*, avec deux étoiles de première grandeur ; le *Grand-Chien*, où se trouve l'étoile *Sirius* ; le *Cygne*, sous la forme d'une grande croix sur la voie lactée, et les douze constellations du zodiaque.

Soleil.

1. De tous les corps lumineux, le plus apparent pour nous est le *soleil*. Placé au centre du système planétaire, il communique la lumière et la chaleur aux planètes qui l'environnent.

2. On pense généralement que le soleil se compose d'un noyau solide et obscur entouré d'une atmosphère lumineuse. Son disque présente des taches noires et mobiles qu'on explique par des déchirements dans cette atmosphère.

3. Ce ne serait donc pas du noyau même du soleil que rayonneraient la lumière et la chaleur, mais de son atmosphère, puisqu'on a découvert, il y a quelques années, que sa lumière émane d'une enveloppe gazeuse et non d'un corps solide.

4. Le soleil exécute sur lui-même, en vingt-cinq jours et douze heures, un mouvement de rotation dont on s'est aperçu par le déplacement de ses taches.

5. On attribue aussi au soleil un mouvement de translation par l'effet duquel il serait emporté dans l'espace, entraînant avec lui les planètes ; et la vitesse de ce mouvement serait de 620,000 myriamètres en vingt-quatre heures, soit 1,550,000 lieues.

6. Cet astre est un million quatre cent mille fois plus gros que la terre, et en est éloigné, suivant la saison, de 33, 34, 35, 36 et même 37 millions de lieues (15 millions de myriamètres).

7. Sa lumière parcourt cette énorme distance en huit minutes treize secondes, ce qui fait environ 70,000 lieues par seconde (31,000 myriamètres).

Zodiaque.

1. Ce nom vient d'un mot grec, *zodion*, qui signifie *animal*, parceque le zodiaque est occupé par douze constellations ou signes, qui portent presque tous des noms d'animaux.

2. C'est une bande circulaire de seize degrés de largeur, en face de laquelle la terre fait sa révolution.

3. Le zodiaque se divise en douze parties égales de 30°, qu'on appelle *signes*.

4. Le soleil paraît traverser les douze constellations de cette bande dans son mouvement apparent annuel, produit par le déplacement réel de la terre.

5. Les signes du zodiaque portent les noms des constellations qui

SYSTÈME PLANÉTAIRE DE COPERNIC, ET ZODIAQUE.

FIG. 11.

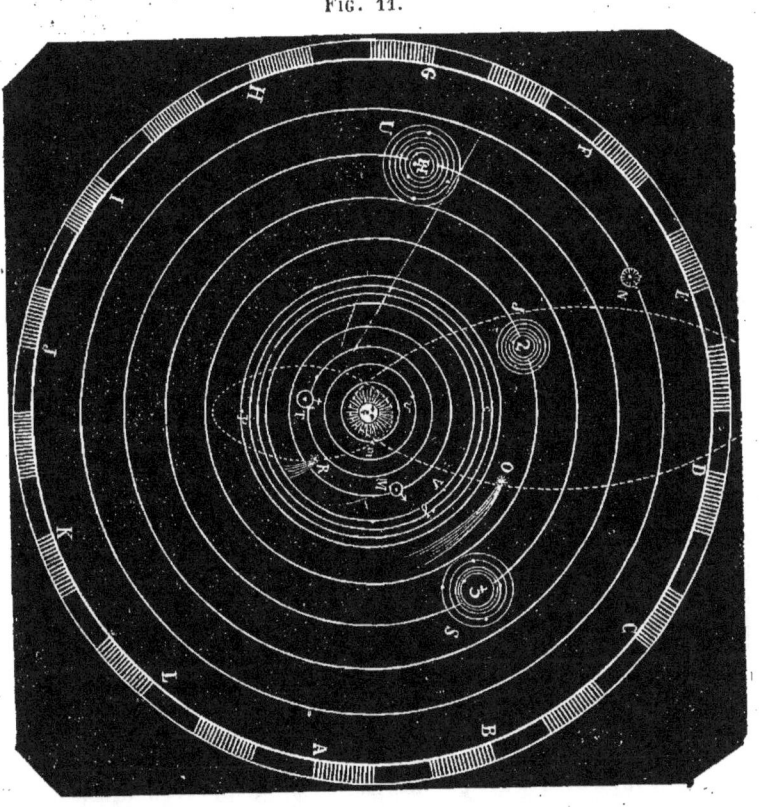

LÉGENDE DES PLANÈTES.

m =	Mercure.
v =	Venus.
T =	La Terre.
M =	Mars.
V =	Vesta.
j =	Junon.
C =	Cérès.
P =	Pallas.
J =	Jupiter.
S =	Saturne.
U =	Uranus.
N =	Neptune.

(O R. Comètes.)

LÉGENDE DU ZODIAQUE.

AB	=	Le Bélier.
BC	=	Le Taureau.
CD	=	Les Gémeaux.
DE	=	Le Cancer.
EF	=	Le Lion.
FG	=	La Vierge.
GH	=	La Balance.
HJ	=	Le Scorpion.
IJ	=	Le Sagittaire.
JK	=	Le Capricorne.
KL	=	Le Verseau.
LA	=	Les Poissons.

s'y trouvent et sont désignées par les mêmes figures. Ce sont : le *Bélier*, le *Taureau*, les *Gémeaux*, le *Cancer*, le *Lion*, la *Vierge*, la *Balance*, le *Scorpion*, le *Sagittaire*, le *Capricorne*, le *Verseau*, les *Poissons* (fig. 11).

6. Ces constellations n'occupent plus maintenant les mêmes places que ces signes et, quoique l'astronomie moderne ait conservé les anciennes dénominations, il ne faut pas confondre les douze signes du zodiaque avec les constellations qui leur répondaient autrefois ; car maintenant la constellation du *Bélier*, par exemple, se trouve dans le signe du *Taureau*, et ainsi de suite.

7. Les constellations au nord du zodiaque, dites *constellations boréales*, sont : la Grande-Ourse, la Petite-Ourse, Cassiopée ou la Chaise, Céphée, Pégase, Andromède, le Dragon, Persée, le Cocher, la Girafe, le Triangle-Boréal, le Lynx, le Petit-Lion, le Bouvier, la Chevelure-de-Bérénice, la Couronne-Boréale, la Flèche, la Lyre, le Cygne, l'Aigle, Antinoüs, le Dauphin, le Petit-Cheval, le Serpentaire, Hercule.

8. Les constellations au sud du zodiaque, dites *constellations australes*, sont la Balance, le Poisson-Austral, Orion, le Lièvre, l'Hydre, le Corbeau, la Coupe, le Navire, la Licorne, le Centaure, le Loup, le Grand-Chien, l'Éridan, le Solitaire, le Télescope, l'Autel, la Couronne-Australe, la Grue, le Phénix, le Paon.

IV. — Sphère céleste.

1. Tous les astres semblent décrire, en vingt-quatre heures, des cercles autour d'une droite invisible passant par le centre de la terre et qu'on nomme *l'axe du monde* (fig. 12).

2. Les deux extrémités de cet axe, ou les deux points autour desquels tous les autres points du ciel semblent tourner, s'appellent les *pôles du monde*.

3. L'un se nomme pôle *arctique* A, parce qu'il est dirigé vers une étoile immobile de la Petite-Ourse (ourse en grec se dit *arctos*), nommée *étoile polaire* ; l'autre se nomme pôle *antarctique*, B, c'est-à-dire opposé à l'Ourse.

4. Ces deux· pôles déterminent deux points du globe : le *nord*, du côté du pôle arctique, et le *sud*, du côté du pôle antarctique.

5. On remarque encore deux autres points, l'un dans la direction du soleil levant, l'autre dans celle du soleil couchant. Le premier est appelé *Est* ou *orient*, F, le second, *Ouest* ou *occident*, E.

6. Ces quatre points servent à désigner la position respective des différents lieux de la terre, et prennent le nom de *cardinaux* ou *principaux*.

7. Afin de pouvoir indiquer les diverses positions apparentes du soleil et aussi celles des autres étoiles fixes, des planètes et des comètes, selon l'époque de l'année, on a divisé la surface du globe au moyen de plusieurs cercles correspondant à des cercles semblables qui partagent le ciel de la même manière.

8. Ces cercles, imaginaires seulement, sont de deux sortes : les *grands cercles*, qui partagent la sphère céleste en deux parties égales, et ont pour centre le centre même de la sphère céleste et celui de la terre ; — les *petits cercles*, qui la partagent en deux parties inégales, et ont pour centre un point quelconque de l'axe.

9. Les grands cercles sont : l'*équateur*, les *méridiens*, l'*écliptique*, l'*horizon* et les *colures*.

10. L'*équateur* est un grand cercle à égale distance des deux pôles, à 90°, E, J, F, J, E (fig. 12). Il partage la sphère céleste en deux *hémisphères* (moitié de sphère) : l'un, du côté du pôle arctique, se nomme hémisphère *septentrional* ou *boréal ;* l'autre, du côté du pôle antarctique, se nomme hémisphère *méridional* ou *austral*.

11. On appelle aussi l'équateur *ligne équinoxiale*, parce qu'il y a *équinoxe*, c'est-à-dire égalité de jour et de nuit par toute la terre, quand le soleil se trouve sur cette ligne.

12. Les *méridiens* sont de grands cercles qui coupent l'équateur perpendiculairement et qui passent par les pôles, A, G, B, H, A (fig. 12). Chacun d'eux partage la sphère en deux hémisphères : l'un *oriental*, l'autre *occidental*, qui comprennent chacun 180°.

13. L'*écliptique* est un grand cercle incliné de 23° 27' relativement à l'équateur. Elle indique le milieu de la bande du zodiaque et *l'orbite apparente* du soleil ou *l'orbite réelle* de la terre, AC (fig. 14).

Fig. 12.

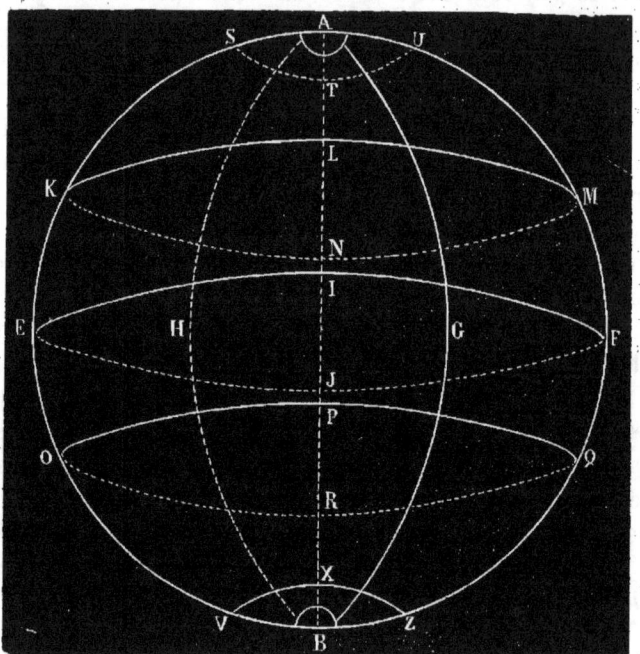

14. On appelle ce cercle écliptique, parce que les éclipses de soleil ou de lune n'ont lieu que lorsque la lune se trouve dans ce cercle, ou, du moins, dans son voisinage.

15. L'écliptique se trouve en partie dans l'hémisphère boréal, en partie dans l'hémisphère austral; son inclinaison sur le plan de l'équateur n'est pas constamment la même; elle est, par exemple, le 1er juillet 1863, de 23° 27′ 22″2 et diminue tous les ans d'une très-petite quantité.

16. Les deux points d'intersection de l'écliptique avec l'équateur s'appellent *équinoxes* ou *points équinoxiaux*, parce que la longueur de la nuit est, pour toute la terre, *égale* à celle du jour à l'époque où le soleil est dans le plan de l'équateur.

17. C'est le 21 mars environ de chaque année que le soleil quitte

l'hémisphère austral du ciel et traverse l'équateur ; le point où il le coupe s'appelle *équinoxe de printemps ;* ensuite, vers le 22 ou 23 septembre suivant, après avoir parcouru la moitié la plus grande de l'écliptique située dans l'hémisphère boréal, il traverse de nouveau l'équateur pour descendre dans l'hémisphère austral ; ce second équinoxe s'appelle *équinoxe d'automne.*

18. Les deux points de l'écliptique où le soleil est à sa plus grande distance de l'équateur s'appellent *solstices* ou *points solsticiaux.* Le point le plus rapproché du pôle nord (21 juin) s'appelle *solstice d'été ;* celui qui est le plus rapproché du pôle sud (22 décembre) s'appelle *solstice d'hiver.*

19. Les points équinoxiaux n'ont point de position fixe ; au contraire, ils se déplacent continuellement sur l'écliptique en marchant d'orient en occident, en sens inverse de l'ordre des signes. Ce phénomène, en vertu duquel les équinoxes avancent chaque année de 50 secondes environ, s'appelle la *précession des équinoxes.*

Il en résulte qu'il faut 72 ans environ pour que l'équinoxe ait parcouru un degré de l'écliptique, et 26,000 ans pour qu'il ait parcouru l'écliptique tout entière.

20. Depuis l'époque, qui remonte à plus de deux mille ans, où le point équinoxial du printemps se trouvait dans la constellation du Bélier, le soleil a rétrogradé de 30°, ou d'un signe entier du zodiaque, et quoiqu'on dise toujours qu'il entre, le 21 mars, dans le signe du Bélier, on pourrait dire qu'il entre dans la constellation des Poissons.

21. « Il•faudrait donc éviter de confondre les termes autrefois « synonymes de *signe* et de *constellation :* les signes du zodiaque « sont des douzièmes de la circonférence auxquels on donne des « noms propres comme aux divisions de la rose des vents ; tandis « que les constellations zodiacales sont les douze groupes d'étoiles « qui répondaient, il y a 2150 ans environ, aux signes du zodiaque « et qui s'en écartent de plus en plus par un mouvement apparent « dirigé, en sens direct, autour de l'axe de l'écliptique (1). »

---

(1) *Leçons de cosmographie,* par H. Faye, 2e édition, page 243.

22. Ce déplacement peu sensible, mais continuel, a été constaté par Hipparque, qui en a découvert la cause dans la précession des équinoxes.

Hipparque, le plus célèbre des astronomes de l'antiquité, vivait dans le 2e siècle avant Jésus-Christ.

23. L'*horizon visuel* est un cercle qui borne notre vue de tous côtés, et sépare pour l'observateur qui en occupe toujours le centre la partie visible du ciel d'avec sa partie invisible.

24. Il y a deux sortes d'horizons : l'horizon *visuel* ou sensible, qui est l'espace que notre vue embrasse quand nous sommes dans une vaste plaine ou sur un lieu élevé, et l'horizon *rationel*, ou le grand horizon qui partage le globe en deux parties ou hémisphères; l'un *supérieur*, et l'autre *inférieur*.

25. On appelle *zénith* le point du ciel qui est verticalement au-dessus de notre tête, et *nadir* le point diamétralement opposé; ils sont en quelque sorte les pôles de l'horizon.

25. L'horizon sert à expliquer le lever et le coucher apparent des astres.

27. Les *colures* sont deux grands cercles qui passent par les pôles et qui coupent l'équateur en quatre parties égales; ils sont perpendiculaires l'un sur l'autre et se coupent dans l'axe du monde.

L'un des colures s'appelle *colure des équinoxes*, parce qu'il passe par les deux points équinoxiaux; l'autre s'appelle *colure des solstices* et passe par les deux solstices. Les deux colures ne sont pas fixes et se déplacent continuellement par suite de la précession des équinoxes, de manière à parcourir toute la surface de la sphère céleste en 26,000 ans.

28. Les petits cercles sont les *tropiques* et les *cercles polaires*.

29. Les *tropiques* KLMNK et OPQRO (fig. 12) sont deux cercles parallèles à l'équateur, dont ils sont éloignés chacun de 23° 27'. Cette distance étant égale à l'inclinaison de l'écliptique, ce cercle doit conséquemment correspondre à chacun des tropiques.

30. Celui du nord se nomme *tropique d'été*; l'autre, vers le sud, *tropique d'hiver*. On appelle plus ordinairement le premier tropique

du *cancer*, KLMNK ; et le second, tropique du *capricorne*, OPQRO, parce qu'ils touchent les deux points du zodiaque où se trouvent ces constellations.

31. Ces deux cercles sont nommés tropiques d'un mot grec qui signifie *retour*, parce que le soleil, arrivé à ces cercles, semble rétrograder après s'y être arrêté quelques jours, effet que l'on nomme *solstice*, c'est-à-dire *station* du soleil.

32. Ainsi, lorsque le soleil se trouve sur le tropique d'été ou du cancer (21 juin), c'est le *solstice d'été ;* lorsqu'il se trouve sur le tropique d'hiver ou du capricorne (22 décembre), c'est le *solstice d'hiver.*

Le premier de ces solstices nous donne les plus longs jours de l'année ; l'autre, les plus courts. C'est l'inverse pour l'hémisphère austral.

33. Les *cercles polaires* sont deux cercles parallèles à l'équateur, éloignés des pôles autant que les tropiques le sont de l'équateur, c'est-à-dire de 23°27' et qui marquent chacun le point où la lumière s'arrête à l'époque des solstices.

L'un s'appelle cercle polaire *arctique*, STU (fig. 12), et l'autre cercle polaire *antarctique*, VXZ (fig. 12), selon le pôle vers lequel ils sont placés.

V. — Planètes, satellites et comètes.

1. Les *planètes* sont des corps *obscurs* qui ne brillent que parce qu'ils reçoivent du soleil la lumière ainsi que la chaleur.

2. Les planètes exécutent deux mouvements d'occident en orient : l'un sur *elles-mêmes*, c'est le mouvement de *rotation ;* l'autre *autour du soleil*, c'est le mouvement de *révolution*.

3. Parmi les planètes qui tournent autour du soleil, les plus connues sont au nombre de douze. Ce sont, à partir du soleil : *Mercure, Vénus* la *Terre, Mars* ; de ces quatre premières, la Terre est la plus grosse ; *Vesta, Junon, Cérès, Pallas* appelées *télescopiques ; Jupiter, Saturne, Uranus* et *Neptune*, toutes les quatre plus grosses que la T

2

4. *Mercure*, la planète la plus rapprochée du soleil, est rarement visible à l'œil nu ; il fait sa révolution autour de cet astre en trois mois environ, et sa rotation en vingt-quatre heures.

5. Son volume est à peu près un quinzième de celui de la Terre.

6. La quantité de lumière et de chaleur qu'il reçoit du soleil est au moins six fois plus grande que celle de nos étés les plus brûlants. On croit qu'il s'y trouve des montagnes et qu'il est entouré d'une atmosphère.

7. *Vénus*, la planète la plus brillante de toutes, fut, après le soleil et la lune, le premier corps céleste qui fut remarqué.

8. Comme elle paraît toujours, tantôt après le coucher du soleil, tantôt après son lever, on la nomme indifféremment l'*étoile du soir* ou l'*étoile du matin*.

9. Elle fait sa révolution en sept mois et demi et sa rotation en vingt-trois heures vingt et une minutes.

10. Son volume est à peu près égal à celui de la Terre.

11. L'intensité de la lumière et de la chaleur y est deux fois aussi considérable que sur notre globe.

Avec une lunette ordinaire, on aperçoit aisément les phases de cette planète, qui présente aux différentes époques de sa révolution les mêmes apparences que la Lune. Sa lumière est quelquefois si vive qu'elle peut donner des ombres sensibles et être visible en plein jour. On pense qu'elle est couverte de hautes montagnes et entourée d'une atmosphère analogue à la nôtre.

12. La *Terre* fait sa révolution en un an, et sa rotation en vingt-quatre heures.

13. *Mars*, dont la lumière paraît rougeâtre, présente des phases peu marquées. Son volume est à peu près le huitième de celui de la Terre.

14. Il exécute sa rotation en vingt-quatre heures et demie et sa révolution en un an et onze mois.

15. La lumière et la chaleur y sont de moitié moins fortes que pour nous. Des taches blanchâtres, visibles dans le voisinage de ses pôles, donnent lieu de croire à l'existence de montagnes ou de mers couvertes de glaces.

16. *Vesta*, *Junon*, *Cérès*, *Pallas* font leur révolution en trois et cinq ans; leur rotation est inconnue.

17. *Jupiter* paraît presque aussi brillant que Vénus quoique beaucoup plus éloigné.

18. Cela tient à la grosseur de son volume, qui est mille quatre cents fois plus considérable que celui de la Terre; aussi est-ce la plus grosse de toutes les planètes.

19. Il tourne sur lui-même en neuf heures cinquante-six minutes, et autour du soleil en 11 ans et dix mois.

20. La chaleur et la lumière y sont vingt-cinq fois plus faibles que sur la terre.

21. Sa distance du soleil est de 179 millions de lieues (80 millions de myriamètres).

22. Jupiter a *quatre satellites* c'est à-dire quatre planètes secondaires ou lunes qui tournent autour de lui.

23. *Saturne* brille beaucoup moins que Jupiter. Son volume est 772 fois celui de la Terre.

24. Il fait sa rotation en dix heures, et sa révolution en 29 ans et 6 mois.

25. La chaleur et la lumière y sont cent fois moindres que sur la Terre.

26. Sa distance au soleil est de 330 millions de lieues (146,400,000 myriamètres).

27. La planète Saturne a huit *satellites* et un *anneau double* qui l'environne sans la toucher et tourne sur lui même en même temps que la planète. Cet anneau a été découvert par Huyghens en 1659.

28. Quoique *Uranus* soit visible à l'œil nu, son existence comme planète resta ignorée jusqu'en 1781, époque à laquelle l'astronome Herschell la reconnut comme telle.

29. Uranus est 87 fois plus gros que la terre.

30. Il fait sa révolution en quatre-vingt quatre ans, et sa rotation en dix heures.

31. Il est éloigné du soleil de 662 millions de lieues (265 millions de myriamètres), double distance de Saturne au soleil.

32. Cette planète est entourée de *six satellites*.

33. *Neptune* n'est pas visible à l'œil nu, quoiqu'il soit cent onze fois aussi gros que la Terre.

34. Cela tient à sa distance, car il est trente fois plus éloigné du soleil que la Terre ne l'est de cet astre, ce qui fait environ 1,100 millions de lieues (440 millions de myriamètres).

35. Il accomplit sa révolution en 165 ans; sa rotation est inconnue.

36. *Deux satellites* tournent autour de cette planète, qui a été découverte en 1846 par M. Le Verrier.

37. On a remarqué que les intervalles des orbites des planètes vont à peu près en doublant à mesure qu'elles s'éloignent du soleil.

38. Comme depuis le commencement de ce siècle on a découvert soixante-dix-huit petites planètes et que l'on en découvrira peut-être encore de semblables il est difficile d'établir une classification bien exacte.

C'est pourquoi quelques astronomes modernes divisent en deux classes toutes les planètes qui tournent autour du soleil. La première renferme les *planètes principales*, ainsi nommées à cause de l'importance de leur volume. Elles sont au nombre de huit, ce sont : *Mercure, Vénus,* la *Terre, Mars, Jupiter, Saturne, Uranus* et *Neptune.* Dans la seconde classe, sont comprises les *planètes téléscopiques,* c'est-à-dire celles qu'on ne peut apercevoir qu'avec le secours du télescope, à cause de leurs petites dimensions. Elles sont placées entre Mars et Jupiter dans un espace de 31 millions de lieues.

39. La première planète télescopique qui fut découverte est *Cérès.* C'est l'astronome Piazzi qui l'observa à Palerme en 1804. *Pallas* fut ensuite découverte par Olbers en 1802; *Junon* par Harding, en 1804; *Vesta* par Olbers, en 1807.

En 1845, une nouvelle série de découvertes commença par celle de la planète *Astrée.* Les noms donnés à quelques-uns de ces petits corps qu'on appelle aussi *astéroïdes* sont : *Hébé, Isis, Flore, Hygie, Parthénope, Victoria, Egérie, Irène, Psyché, Thétis, Melpomène, Lutècia, Calliope,* etc.

40. La ligne imaginaire que décrivent les planètes en tournant autour du soleil s'appelle *orbite ;* or ces orbites n'étant pas exactement circulaires, mais elliptiques, il en résulte qu'une planète n'est pas toujours à la même distance du soleil.

41. La plus grande distance d'une planète au soleil se nomme *aphélie,* la plus petite distance, *périhélie* et la demi-somme de ces deux distances s'appelle *distance moyenne.*

42. Le mouvement des planètes n'est pas toujours égal, car il est d'autant plus rapide qu'elles se rapprochent du soleil, et leur vitesse se ralentit à mesure qu'elles s'en éloignent. C'est un effet de l'*attraction* que le soleil exerce sur les planètes, comme celles-ci l'exercent à leur tour sur leurs satellites.

43. Les *satellites* sont des planètes *secondaires* qui tournent autour des planètes principales et les accompagnent dans leur révolution autour du soleil.

Comme elles tournent aussi sur elles-mêmes, il en résulte qu'on peut leur attribuer trois mouvements : 1º celui de rotation ; 2º celui de révolution autour de leur planète principale ; et 3º le mouvement autour du soleil qu'elles accomplissent en même temps que la planète dont elles dépendent.

44. On connaît *vingt et un* satellites : la *Lune* qui tourne autour de la terre ; *quatre* autour de Jupiter, découverts en 1616 par Galilée ; *huit* autour de Saturne ; *six* autour d'Uranus et *deux* autour de Neptune.

45. Les *comètes* sont des astres qui décrivent dans leur marche des ellipses très-allongées, ce qui rend leur révolution très-longue quand, toutefois, elles reparaissent.

46. Visibles seulement dans une partie de leur cours, elles sont ordinairement accompagnées d'une traînée lumineuse appelée *queue* ou *chevelure,* au travers de laquelle on peut distinguer les étoiles et qui, par suite de l'effet de la lumière solaire sur la matière cosmique de la comète, est toujours située à l'opposé du soleil.

47. On présume que cette vapeur lumineuse est occasionnée, en grande partie, par la chaleur du soleil, car on a remarqué qu'elle

augmente ou diminue selon que la comète se trouve plus ou moins près de cet astre.

48. Quant au corps de la comète, qu'on appelle son *noyau*, il est formé d'une substance si subtile et si légère, que la terre serait insensible au choc d'une comète dans le cas où cette rencontre serait possible, la densité de ce noyau, comparée à celle de la terre, étant au plus dans la proportion de 1 à 5,000.

49. On a déjà calculé la marche d'un grand nombre de comètes; mais il n'y en a jusqu'à présent qu'une douzaine environ dont on puisse prédire le retour d'une manière certaine.

50. Parmi ces dernières on remarque : 1º celle qui porte le nom de Halley, quoiqu'elle n'ait été aperçue que plusieurs années après la mort de cet astronome, mais parce qu'il l'avait annoncée pour l'année 1759. Sa révolution dure soixante-quinze ans et demi. Elle a reparu en 1835.

2º Celle qui fut découverte par Encke à Gotha, en 1819. Sa révolution est de six ans et huit mois.

3º Celle de Gambard, qui fait sa révolution en trois ans et trois mois et demi environ. Cette comète et celle de Encke ont paru toutes les deux en 1832, et plusieurs fois depuis cette époque.

4º Celle de Faye, qui a été découverte en 1843 et qui parcourt son orbite en six ans et six mois et demi environ. Sa dernière apparition a eu lieu en 1862.

5º Celle de Vico, qui a été vue en 1844 et dont la révolution est de cinq ans et demi.

6º Celle de Biéla, qui a paru en 1846 et qui fait sa révolution en six ans et neuf mois.

7º Celle qui a été aperçue en 1858 par M. Donati, astronome de Florence; c'est une des plus belles qui aient été observées. Inconnue jusque là dans notre système solaire, elle ne doit reparaître que dans deux mille ans.

Il est à remarquer que les comètes exécutent leur marche dans toutes les directions.

La précision avec laquelle on prédit leur retour prouve qu'elles sont soumises, comme tous les corps célestes, à des lois fixes et invariables, dont deux seulement nous sont connues : ce sont l'*attraction* et la *projection*.

51. L'*attraction* est la force qui dirige les planètes vers le centre de leur orbite, c'est-à-dire vers le soleil. Elle est produite par la propriété que possèdent les corps célestes d'en attirer à eux de plus petits, et elle s'exerce en raison directe des masses et en raison inverse du carré des distances; c'est-à-dire que l'attraction est deux fois plus considérable dans un corps deux fois plus volumineux, et quatre fois plus faible dans un corps deux fois plus éloigné.

52. Le carré d'un nombre est le produit de ce nombre multiplié par lui-même : c'est ainsi que quatre est le carré de deux.

53. La *projection*, contrairement à l'attraction, tend à éloigner les planètes du soleil; elle est due à leur mouvement circulaire autour de cet astre, et elle est d'autant plus forte que la circulation est plus rapide.

54. C'est la combinaison de l'attraction et de la projection qui maintient la distance établie entre les corps célestes depuis la création, et cette loi du mouvement des astres est ce que l'on nomme la *gravitation universelle;* dont on doit la découverte à Newton, savant anglais du xviie et du xviiie siècle.

55. L'ensemble des planètes, des satellites et des comètes qui se meuvent autour du soleil s'appelle *système planétaire.*

56. Ptolémée, astronome d'Alexandrie, qui vivait dans le deuxième siècle après Jésus-Christ, croyait que le soleil et les étoiles tournaient autour de la terre. Mais Copernic, astronome de Thorn (1473-1543), convaincu de la fausseté de ce système, fut l'auteur de celui qui est aujourd'hui admis et qui porte son nom. Il prouva que c'est, au contraire, la terre et les planètes qui tournent autour du soleil.

Tycho-Brahé, astronome suédois, mort en 1601, a aussi proposé un système qui, venant après celui de Copernic, ne pouvait être accepté : la terre, selon lui, était immobile au centre du monde, et les planètes tournaient autour du soleil, qui, avec ce cortége, tournait autour de la terre.

57. Galilée (1564-1642) appuya par ses découvertes le système de Copernic, dont il professait la doctrine. C'est lui qui inventa la lunette avec laquelle il découvrit les montagnes et les vallées de la Lune, les quatre satellites de Jupiter, les phases de Vénus et les taches mobiles du soleil qui prouvent son mouvement de rotation.

VI. — Terre.

1. La terre est ronde et aplatie vers les pôles d'environ 4 lieues 3/4 (21 kilomètres).

2. La rondeur est prouvée par la progression successive du jour et de la nuit, par la forme circulaire de l'ombre de la terre dans les éclipses de lune, et par les voyages faits autour du monde en divers sens.

L'aplatissement des pôles et la hauteur des montagnes sont des irrégularités à peine sensibles relativement au volume de la terre, et n'empêchent pas de la considérer comme ronde.

3. La terre tourne sur elle-même en 24 heures. Ce mouvement, appelé mouvement *diurne* ou *rotation*, produit l'*alternative du jour et de la nuit*.

4. Si l'on dit que le soleil se lève ou se couche, c'est pour se conformer aux apparences, puisqu'en réalité c'est la terre qui, en tournant sur son *axe*, présente successivement au soleil toutes les parties de sa surface.

5. L'axe du monde autour duquel toutes les étoiles de l'univers semblent tourner n'est en réalité que le prolongement de l'axe terrestre.

6. Les deux extrémités de l'axe terrestre, c'est-à-dire les deux points immobiles où il perce la surface de la terre, s'appellent les pôles terrestres. Ces deux pôles sont situés vis-à-vis des pôles célestes; le pôle terrestre correspondant au pôle boréal du ciel s'appelle *pôle nord*; l'autre s'appelle *pôle sud*.

7. De même que sur la sphère céleste, on imagine sur la sphère terrestre des cercles pour déterminer la position d'un point quelconque sur la surface de la terre. Ces cercles sont : les *méridiens*, l'*équateur*, les *tropiques*, les *cercles polaires* et les *parallèles*.

8. Les *méridiens* sont de grands cercles qui passent par les pôles terrestres. Chacun d'eux partage la terre en deux hémisphères : l'un *oriental*, l'autre *occidental*, qui comprennent chacun 180°.

9. Tous les pays situés sous une moitié de ce cercle, comprise entre les deux pôles, ont *midi* au même instant, tandis que ceux qui sont placés sous le demi-cercle opposé ont *minuit*.

Il en est de même pour toutes les heures, c'est-à-dire que lorsqu'un pays a une heure quelconque du jour, le pays situé sous le méridien opposé a la même heure de la nuit, et réciproquement, puisqu'il y a toujours une moitié de la terre éclairée et une moitié obscure alternativement.

10. Les méridiens placés à l'orient les uns des autres marquent les pays éclairés *plus tôt* par le soleil ; ceux qui sont à l'occident indiquent les pays éclairés *plus tard*.

11. Le méridien terrestre a été pris pour base du *système métrique* des poids et mesures adopté en France.

En effet, le *mètre*, unité de mesure de longueur, est la dix millionième partie du quart du méridien terrestre ; par conséquent le méridien entier contient 40 millions de mètres, ou 40,000 kilomètres, ou 4,000 myriamètres.

12. L'*équateur*, dont le plan se confond avec celui de l'équateur céleste, est un grand cercle perpendiculaire à l'axe et qui coupe tous les méridiens en deux parties égales.

13. Les *deux tropiques* et les deux *cercles polaires* sont des petits cercles parallèles à l'équateur analogues à ceux de la sphère céleste ; la distance des tropiques à l'équateur est de 23° 27' 22", égale à l'inclinaison de l'écliptique sur l'équateur céleste ; la distance des cercles polaires aux pôles est également de 23° 27' 22".

14. Les parallèles sont des cercles tracés dans le même sens que l'équateur, les tropiques et les cercles polaires ; c'est pourquoi ils sont appelés parallèles.

15. La circonférence de la terre est de 9,000 lieues (4,000 myriamètres) et son diamètre de 2,865 lieues à peu près (1,273 myriamètres).

16. La distance de la terre au soleil est de 34,500,000 lieues (15,350,000 myriamètres); distance moyenne.

17. Elle est un million quatre cent mille fois plus petite que cet astre.

VII. — Mouvement annuel de la terre.

1. La terre parcourt en 365 jours 5 heures 48 minutes 49 secondes, autour du soleil, d'occident en orient, un espace de plus de 200 millions de lieues (89 millions de myriamètres), ce qui donne environ 6 lieues 1/3 par seconde (28 kilomètres).

2. Ce mouvement, qui s'opère dans une orbite presque circulaire nommée *écliptique*, s'appelle *révolution annuelle* et détermine le *retour périodique des saisons*. Ainsi, le temps que la terre emploie à tourner autour du soleil est une *année*.

3. On distingue trois sortes d'années : 1° l'année *sidérale*; 2° l'*année tropique* ou *équinoxiale*; 3° l'année *civile*.

4. L'*année sidérale* est le temps que la terre a employé pour revenir au point d'où elle était partie l'année précédente; sa durée est de 365 jours 6 heures 9 minutes 12 secondes.

L'année *tropique* ou *équinoxiale* est ainsi nommée parce qu'elle comprend le temps qui s'écoule entre deux mêmes solstices ou deux mêmes équinoxes ; elle est de 365 jours 5 heures 48 minutes 49 secondes, et plus courte que l'année sidérale de 20 minutes 23 secondes.

5. Cette différence dans la durée de ces deux années vient de ce que l'on appelle la précession des équinoxes, c'est-à-dire que le moment de l'équinoxe *précède* de 20 minutes 23 secondes celui

où la terre se retrouve en conjonction avec le soleil et avec la même étoile qu'au même équinoxe de l'année précédente.

6. L'*année civile* se règle sur l'année tropique, mais elle en diffère en ce qu'elle commence toujours le 1er janvier, à minuit, et qu'elle se compose d'un nombre entier de jours. Elle contient tantôt 365 jours et s'appelle alors *année commune;* tantôt 366 jours et s'appelle alors *année bissextile.*

Le *calendrier* est un tableau qui indique la succession des mois et des jours pendant une année civile.

7. L'année commune est donc simplement de trois cent soixante-cinq jours, parce qu'au lieu de tenir compte des 5 heures 48 minutes et 49 secondes qui complètent l'année tropique, on les abandonne pendant trois ans de suite, et l'on ajoute un jour de plus à la quatrième année, ce qui lui en donne 366.

8. Le nom de *bissextile* vient de ce que ce jour supplémentaire était placé, par les Romains, le sixième jour avant les calendes de mars, et se nommait second sixième ou bissexte. Il correspondait au 24 février.

9. On appelait *calendes* le premier de chaque mois, mais elles se comptaient en reculant. Ainsi, le second des calendes était le jour précédant le premier et non le suivant, et ainsi de suite jusqu'au treizième, où commençaient les *ides*, que l'on comptait pareillement en reculant jusqu'au cinquième, qui était le commencement des *nones*. C'est du mot calendes qu'est venu celui de calendrier.

10. Les 5 heures 48 minutes 49 secondes abandonnées chaque année ne forment pas en quatre ans un jour entier, mais plus exactement 23 heures 15 minutes 16 secondes; ce qui fait que l'on ajoute près de trois quarts d'heure de trop en comptant 24 heures.

11. Ces trois quarts d'heure forment trois jours au bout de quatre cents ans. Alors, on a imaginé de supprimer, pendant trois siècles consécutifs, un jour à la dernière année de chacun de ces siècles, laquelle, au lieu d'être bissextile, comme elle devrait l'être, devient par ce moyen une année commune. Il est entendu

que la dernière année du quatrième siècle doit rester bissextile, et que l'on recommencera pendant trois autres siècles à retrancher un jour à la dernière année, lorsque l'époque en sera venue, car ce n'est qu'en 1582 que le pape Grégoire XIII ordonna cette réforme.

11 *bis*. C'est pourquoi le calendrier que nous employons depuis cette époque s'appelle *Grégorien*, ou *nouveau style* ; on se servait auparavant du calendrier publié par Jules César, et que l'on appelle calendrier *Julien*, ou *vieux style*. Ce dernier n'est plus en usage que chez les Russes et les chrétiens de l'Eglise grecque. Il est en retard de douze jours sur le calendrier grégorien.

12. A partir du 22 septembre 1792 (proclamation de la république) jusqu'au 1er janvier 1806, on fit usage, en France, du calendrier *républicain*. Les mois de l'année, au nombre de douze, se composaient de trois *décades*, périodes de dix jours, nommées : *primidi, duodi, tridi, quartidi, quintidi, sextidi, septidi, octidi, nonidi* et *décadi*.

13. Les mois de l'année républicaine portaient les noms suivants :

Vendémiaire (22 septembre au 21 octobre), nommé ainsi parce que c'était le temps des vendanges.

Brumaire (22 octobre au 22 novembre) tire son nom des brouillards qui règnent à cette époque.

Frimaire, de ce qu'il tombait dans la saison des frimas (novembre-décembre).

Nivôse (du latin *nivis*, neige), parce qu'il arrivait dans la saison des neiges (décembre-janvier).

Pluviôse, des pluies fréquentes à cette époque (janvier-février).

Ventôse, ainsi appelé à cause des vents qui soufflent en ce temps (février-mars).

Germinal, époque où la nature développe le germe des semences (mars-avril).

Floréal, saison des fleurs (avril-mai).

Prairial, c'est le temps où l'on fauche les prairies (mai-juin).

Messidor, son nom venait de *messis*, moisson (juin-juillet).

Thermidor, ainsi appelé à cause des chaleurs excessives qu'il fait ordinairement dans ce mois (juillet-août).

Fructidor, saison des fruits (août-septembre).

14. Le commencement de l'année a souvent varié en France. Sous la première race, ce fut le 1er mai ; sous la deuxième, le jour de Noël ; sous la troisième, le jour de Pâques. Enfin, un édit de Charles IX, publié en 1563, ordonna que l'année commencerait le 1er janvier.

15. L'année se divise en douze mois et en cinquante-deux semaines, de sept jours chacune.

16. On connaît le nom des mois de l'année ; voici leur étymologie :

Janvier tire son nom de *Janus*, roi des Latins.

Février vient de *februare* (purifier), parce qu'il était consacré aux cérémonies expiatoires que les Romains célébraient en l'honneur des morts.

Mars, le premier mois de l'année romaine, fut dédié par Romulus au dieu *Mars*.

Avril vient du mot *aperire* (ouvrir), parce que, dans ce mois, la végétation commence à s'ouvrir.

Mai fut nommé *maïus* par Romulus, en considération des sénateurs, qu'on appelait *majores*.

Juin vient de *junius*; il était consacré à la jeunesse.

Juillet tire son nom de *Julius*, surnom de César, qui était né dans ce mois ; on l'appelait auparavant *Quintilis* c'est-à-dire le cinquième de l'année, commençant à Mars.

Août, appelé d'abord *sextilis*, ou le sixième, reçut d'Auguste le nom d'*Augustus*, dont nous avons fait août.

Septembre signifie le septième mois de l'année romaine.

Octobre, le huitième.

Novembre, le neuvième.

Décembre, le dixième.

Les noms des jours de la semaine sont tirés de ceux des planètes connues des anciens. Ainsi, *lundi* était le jour de la lune ; *mardi*, celui de Mars ; *mercredi*, celui de Mercure ; *jeudi*, celui de Jupiter ; *vendredi*, celui de Vénus ; *samedi*, celui de Saturne ; et *dimanche* était le jour du soleil. Nous l'appelons le *jour du Seigneur*, parce qu'il est consacré aux cérémonies religieuses.

Nous divisons le jour en 24 heures, c'est le jour naturel. Le jour artificiel est le temps pendant lequel le soleil est sur l'horizon.

17. On appelle *lettre dominicale*, celle des sept premières lettres de l'alphabet qui, dans le calendrier, indique le dimanche.

Ces sept lettres sont placées par ordre vis-à-vis des quantièmes de chaque mois, à partir du 1er janvier jusqu'au 31 décembre, c'est-à-dire la lettre *a* vis-à-vis du 1er janvier, la lettre *b* vis-à-vis du 2, et ainsi de suite. Arrivé à *g*, on reprend *a*, *b*, etc. Ainsi, quand on dit, par exemple, que la lettre dominicale est *d*, cela signifie que la lettre *d* est celle qui correspond aux dimanches de l'année.

18. Au bout de 28 ans, les lettres dominicales reviennent dans le même ordre qu'auparavant, et les jours de la semaine durant toute l'année se retrouveront aux mêmes dates. Cette période est ce qu'on appelle *cycle solaire*.

Les années bissextiles ont deux lettres dominicales ; l'une sert pendant les mois de janvier et de février, l'autre pendant les autres mois de l'année.

C'est parce que, février ayant alors 29 jours, on met la même lettre au 28 et au 29.

19. Pour trouver l'année du cycle solaire, il suffit d'ajouter 9 au nombre de l'année proposé ; on divise ensuite cette somme par 28 et le reste de la division indique l'année du cycle. C'est ainsi que l'on reconnaîtra que l'année 1863 est la 24e du cycle solaire.

S'il n'y avait aucun reste à la division, c'est que l'année proposée serait la 28e, c'est-à-dire la dernière du cycle.

On ajoute 9 parce que le cycle solaire dans lequel Jésus-Christ est né comptait alors neuf années révolues.

VIII. — Saisons.

1. L'*inégalité* des jours et des nuits et la *diversité* des saisons sont dues au mouvement annuel de la terre et à l'inclinaison de son axe sur son orbite.

2. En effet, l'axe de la terre, au lieu d'être perpendiculaire à l'écliptique, est toujours placé dans un sens oblique, c'est-à-dire *incliné* sur ce cercle de 23° 27', et c'est cette inclinaison qui fait que le soleil, dans son mouvement *apparent* annuel, éclaire alternativement le pôle nord et le pôle sud aux deux époques de l'année appelées solstices, et qu'à deux autres époques, nommées équinoxes, il est également éloigné de ces mêmes pôles.

3. Ainsi : 1° à l'*équinoxe du printemps* (21 mars), aucun pôle n'est incliné plus que l'autre vers le soleil ; la lumière de cet astre se répand également d'un pôle à l'autre, et les jours sont *égaux* aux nuits sur toute la terre, A (fig. 13).

Le soleil *paraît* alors traverser l'équateur, et l'on dit qu'il entre dans le signe du bélier.

2° Au *solstice d'été* (20 ou 21 juin), le pôle nord, par l'effet du mouvement *réel* de la terre sur son orbite s'est, dans l'espace de trois mois, tourné peu à peu vers le soleil, dont la lumière se répand alors jusqu'à 23° 27' au-delà de ce pôle, c'est-à-dire jusqu'au cercle polaire arctique, tandis que le pôle sud est dans l'obscurité jusqu'au cercle polaire antarctique. C'est l'été dans l'hémisphère *boréal* ; les jours y sont *plus longs* que les nuits, parce que le soleil éclaire en plus dans cet hémisphère ce qui est éclairé en moins dans l'hémisphère austral, qui, à cette époque, est en hiver avec les jours courts, B (fig. 13).

Pendant ces trois mois, le soleil *a paru* s'élever de l'équateur au tropique du cancer, car il entre dans ce signe.

3° A l'*équinoxe d'automne*, qui arrive trois mois après (23 septembre), les jours sont redevenus *égaux* aux nuits, parce que le pôle nord s'est éloigné du soleil, le pôle sud s'en est rapproché d'autant, et ils se trouvent dans la même position qu'à l'équinoxe du printemps, C (fig. 13).

Le soleil, qui paraît être revenu à l'équateur, entre dans le signe de la balance.

Il faut observer que, lorsque l'hémisphère boréal a l'équinoxe d'automne, l'hémisphère austral a celui de printemps, et réciproquement.

4° Au *solstice d'hiver*, trois mois après (22 décembre), c'est le pôle sud qui s'est graduellement tourné vers le soleil, tandis que le pôle nord s'en est éloigné, et se trouve à son tour dans l'obscurité jusqu'à 23° 27'. Cette position est exactement l'inverse de celle du solstice d'été : c'est l'été et le moment des plus longs jours pour l'hémisphère austral, D (fig. 13).

Fig. 13.

Le soleil entre dans le signe du Capricorne, et en même temps il atteint ce tropique, d'où il retournera insensiblement vers l'équateur, mais toujours en apparence, puisqu'il est reconnu que c'est en réalité le mouvement de révolution de la terre qui produit ces différents effets.

4. Les équinoxes et les solstices divisent donc l'année tropique en quatre périodes appelées *saisons :*

Le printemps dure 92 jours 20 heures 59 minutes.

L'été	—	93	—	14	—	13	—
L'automne	—	89	—	17	—	35	—
L'hiver	—	89	—	1	—	49	—

Il en résulte que les quatre saisons sont d'inégale durée, ce qui provient de la variation de vitesse dans le mouvement annuel de la terre autour du soleil et de l'inégalité des arcs parcourus pendant chaque saison.

5. Pendant l'hiver de l'hémisphère boréal, la terre se trouve au périhélie ou à la plus petite distance du soleil ; par conséquent son mouvement est plus rapide à cette époque que pendant les trois autres saisons, et c'est pourquoi l'hiver se trouve être la saison la plus courte.

Pendant l'été, au contraire, la terre passe par l'aphélie, c'est-à-dire le point le plus éloigné du soleil. Son mouvement est conséquemment plus lent et l'été se trouve ainsi être la saison la plus longue.

Le printemps et l'été ensemble durent presque huit jours de plus que l'automne et l'hiver réunis.

6. On peut maintenant comprendre que chaque pôle doit avoir tour à tour six mois de jour et six mois de nuit consécutifs, puisque, depuis l'équinoxe du printemps jusqu'à celui d'automne, le pôle nord est éclairé, et qu'il est dans l'obscurité depuis l'équinoxe d'automne jusqu'à celui de printemps. Le même effet se produit en sens inverse pour le pôle sud.

7. Mais, à l'équateur, les jours sont de douze heures et constamment égaux aux nuits, parce que ce cercle est *toujours* coupé en deux parties égales par le grand cercle séparant la moitié de la

terre éclairée de la moitié obscure, ce qui n'a lieu, pour les cercles parallèles à l'équateur, qu'aux équinoxes ; c'est ce qui fait qu'à cette époque seulement il y a égalité de jour et de nuit.

IX. — Zones.

1. Les tropiques et les cercles polaires partagent la terre en cinq bandes ou *zones* : la *zone torride*, comprise entre les deux tropiques ; les deux *zones tempérées*, entre les tropiques et les cercles polaires, de chaque côté de la zone torride ; les deux *zones glaciales*, entre les cercles polaires et les pôles (fig. 14).

Fig. 14.

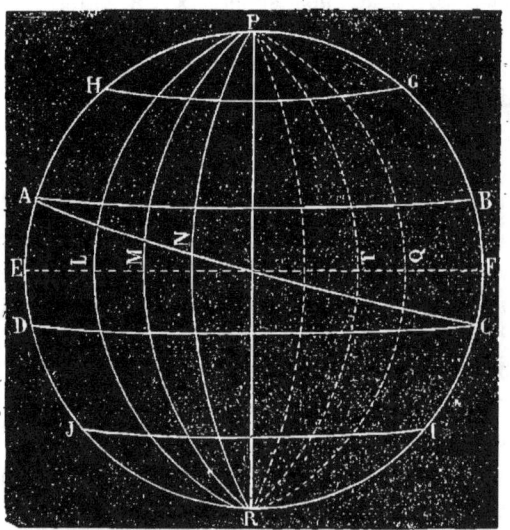

2. La *zone torride*, ABCDA, est ainsi nommée à cause des chaleurs considérables qu'il y fait, les rayons du soleil y étant verticaux durant toute l'année. C'est là que la végétation se déve-

loppe dans toute sa force et sa beauté ; là aussi que se trouvent les quadrupèdes les plus forts et les plus féroces, ainsi que les plus beaux oiseaux et les serpents les plus venimeux.

3. Cette zone, qui a 47° de largeur, est traversée par l'équateur, qui passe au milieu, et c'est là seulement que les jours et les nuits sont égaux, c'est-à-dire de douze heures pendant toute l'année, car cette égalité s'altère, mais d'une manière peu sensible, il est vrai, à mesure qu'on avance de l'équateur vers chaque tropique, AB et DC.

4. Ainsi, arrivé à l'un de ces cercles (limite de la zone torride), le plus long jour ou la plus longue nuit sera de treize heures vingt-sept minutes environ, selon qu'on sera en été ou en hiver.

5. Les *zones tempérées*, ABGHA et DCIJD, sont ainsi nommées parce que la chaleur et le froid y sont modérés ; elles occupent la plus grande partie du globe, ayant chacune 43° de largeur, et, suivant que les pays qu'elles renferment avoisinent la zone torride ou l'une des zones glaciales, on y observe quatre saisons plus ou moins distinctes, et une inégalité plus ou moins grande dans les jours et les nuits.

6. Au tropique, par exemple, le plus long jour ou la plus longue nuit sera de 13 heures 27 minutes environ, et au cercle polaire de 24 heures.

Si la nature a répandu ses plus grandes richesses dans la zone torride, c'est dans les zones tempérées qu'elle paraît avoir mis le plus de variété, tant dans les animaux que dans les végétaux. Ces deux bandes sont situées de manière que les saisons y sont respectivement dans un ordre tout à fait opposé, puisque, lorsque l'on est en été dans l'une, on est en hiver dans l'autre.

7. Les deux *zones glaciales*, HPGH et IRJI, sont ainsi nommées parce qu'il y fait un froid très-rigoureux et que la terre y est presque toujours couverte de neige et de glace. Aussi la végétation se compose-t-elle de mousses et de chétifs arbustes.

8. C'est dans ces zones, qui n'ont chacune que 23°30 de largeur, qu'existe la plus grande inégalité de jours et de nuits, puisque les uns et les autres ont une durée alternative qui varie de vingt-quatre

heures à six mois, à mesure, bien entendu, qu'on s'éloigne du cercle polaire et qu'on s'avance vers les pôles.

9. Le tableau suivant fera connaître la durée du plus long jour au solstice d'été pour tous les lieux du globe de l'hémisphère boréal ; on sait que cette durée est également celle de la plus longue nuit de l'hémisphère austral.

LATITUDE.	DURÉE du PLUS LONG JOUR.	LATITUDE.	DURÉE du PLUS LONG JOUR.
0° 00′	12ʰ 00ᵐ	60° 00′	18ʰ 30ᵐ
8° 30′	12ʰ 30ᵐ	61° 19′	19ʰ 00ᵐ
16° 44′	13ʰ 00ᵐ	62° 26′	19ʰ 30ᵐ
24° 12′	13ʰ 30ᵐ	63° 23′	20ʰ 00ᵐ
30° 48′	14ʰ 00ᵐ	64° 10′	20ʰ 30ᵐ
36° 31′	14ʰ 30ᵐ	64° 50′	21ʰ 00ᵐ
41° 24′	15ʰ 00ᵐ	65° 22′	21ʰ 30ᵐ
45° 32′	15ʰ 30ᵐ	65° 48′	22ʰ 00ᵐ
49° 02′	16ʰ 00ᵐ	66° 07′	22ʰ 30ᵐ
52° 00′	16ʰ 30ᵐ	66° 21′	23ʰ 00ᵐ
54° 30′	17ʰ 00ᵐ	66° 29′	23ʰ 30ᵐ
56° 38′	17ʰ 30ᵐ	66° 32′	24ʰ 00ᵐ
58° 27′	18ʰ 00ᵐ		

Voici maintenant la durée maximum des journées polaires.

LATITUDE.	DURÉE du PLUS LONG JOUR.	LATITUDE.	DURÉE du PLUS LONG JOUR.
67° 23'	1 mois.	78° 11'	4 mois.
69° 51'	2 —	84° 05'	5 —
73° 40'	3 —	90° 00'	6 —

10. Afin de déterminer la durée du jour pour les divers pays de la terre, les anciens géographes avaient divisé le globe en soixante zones parallèles à l'équateur, appelées *climats*; mais aujourd'hui on n'applique guère le nom de climat qu'à une division fondée sur l'état thermométrique des diverses contrées. Ainsi l'on dit les climats chauds, tempérés ou froids, selon qu'ils sont situés dans la zone torride, les zones tempérées ou les zones glaciales.

X. — Positions de la sphère.

1. L'inclinaison de l'axe sur l'écliptique, ainsi que la rotation de la terre dans le sens de l'équateur, font que le soleil et les astres ne paraissent pas suivre, pour les divers peuples du globe, la même direction dans leur course apparente journalière. C'est ce qui a donné occasion de dire que la sphère est *droite, oblique* ou *parallèle*.

2. Quoique la position oblique soit celle où elle se trouve principalement (puisqu'elle n'est exactement droite qu'à l'équateur et exactement parallèle qu'aux pôles), on dit cependant qu'elle est droite dans la zone torride, parallèle dans les zones glaciales, parce qu'elle y est moins oblique que dans les zones tempérées, où cette position est plus marquée.

3. Ces diverses expressions de sphère droite, sphère oblique et sphère parallèle, ne désignent en réalité que les différentes positions de l'horizon relativement à l'équateur.

4. Les peuples de la zone torride ayant donc ce qu'on appelle la *sphère droite*, les pôles sont alors à l'horizon qui se trouve conséquemment coupé à angle droit par l'équateur et placé dans le sens du méridien. Le soleil et les étoiles paraissent se lever droit ou perpendiculairement à leur horizon.

5. Ces peuples voient passer le soleil deux fois par an au-dessus de leurs têtes, et ils ont alternativement l'ombre de deux côtés différents, c'est-à-dire six mois vers le nord et six mois vers le sud.

Deux fois par an aussi, aux équinoxes, le soleil se trouve juste au zénith, c'est-à-dire au niveau de l'équateur, et alors ils n'ont pas d'ombre du tout à midi.

6. Les peuples de chaque zone tempérée ont la *sphère oblique ;* les pôles sont inclinés sur l'horizon, l'un au-dessus, l'autre au-dessous.

7. Ce cercle, dans cette position, se trouve alors dans une position analogue à celle de l'écliptique, c'est-à-dire oblique relativement à l'équateur. C'est pourquoi le soleil et les étoiles paraissent se lever obliquement.

8. Ces peuples ont toujours l'ombre opposée les uns par rapport aux autres, c'est-à-dire que ceux de la zone boréale l'ont au nord et ceux de la zone australe l'ont au sud.

9. Les habitants de chaque zone glaciale ont la *sphère parallèle ;* les pôles se trouvent alors l'un près du zénith, l'autre près du nadir.

10. L'horizon, coupé à angle droit par le méridien, est parallèle à l'équateur, et le soleil et les étoiles décrivent des cercles parallèles à l'horizon.

11. Les peuples de ces zones voient, lors du solstice d'été, l'ombre tourner autour d'eux, c'est-à-dire parcourir successivement tous les points de l'horizon en un seul et même jour.

12. Il ne faut pas oublier que le jour dont il est ici question est de six mois aux pôles, de 24 heures aux cercles polaires, et qu'il

varie dans sa durée selon la latitude du lieu et l'époque de l'année.

13. Quant à l'aspect des rayons du soleil, on doit comprendre d'après cela que, dans la zone torride, ils sont toujours droits ou verticaux (à midi) sur un point quelconque de cette zone, puisque le soleil la traverse deux fois dans l'espace d'une année, en se rendant alternativement d'un tropique à l'autre.

Dans les zones tempérées la position des rayons solaires est ordinairement oblique, mais plus en hiver qu'en été. Le soleil se trouvant alors dans l'hémisphère opposé, ses rayons sont d'autant plus obliques qu'on approche du solstice d'hiver. Dans l'été, au contraire, les rayons du soleil sont presque droits du côté qui avoisine le tropique d'été à l'époque du solstice.

Il faut observer que les zones tempérées ayant les saisons inverses, lorsque l'obliquité augmente dans l'une, elle diminue dans l'autre. Ce n'est qu'aux équinoxes qu'elle est la même dans les deux zones.

Quant aux zones glaciales, les rayons du soleil, devenant de plus en plus obliques, à mesure qu'on s'éloigne du cercle polaire, finissent par devenir parallèles près des pôles.

14. L'obliquité des rayons du soleil est ce qui rend les zones glaciales plus froides que les zones tempérées, et celles-ci plus froides que la zone torride.

XI. — Longitude et latitude.

1. Les peuples anciens connaissaient plus de pays entre l'orient et l'occident qu'entre le nord et le sud ; c'est pourquoi ils donnèrent le nom de *longitude* (longueur) à la mesure de la terre d'orient en occident, et celui de *latitude* (largeur) à celle qui est comprise entre le nord et le sud.

2. Ainsi la longitude est la distance d'un lieu quelconque à un *premier méridien* convenu.

3. Elle se compte sur l'équateur, et comprend 180° à l'est et

autant à l'ouest du premier méridien. De là viennent les noms de *longitude orientale* et de *longitude occidentale*.

4. Les cercles de longitude sont tracés perpendiculairement du nord au sud, et sont appelés *méridiens*, PLNQ, PMNF, etc., (fig. 14).

5. Leur intervalle est de 25 lieues ou de 111 kilomètres à l'équateur seulement, car il diminue graduellement, à partir de ce cercle, en se rapprochant des pôles, où tous les méridiens se réunissent.

Cette diminution a lieu dans la proportion suivante :

A 10° de latitude, les degrés ne comptent que

110 kilomètres.

à	20°	—	105	—
à	30°	—	96	—
à	40°	—	85	—
à	45°	—	79	—
à	50°	—	72	—
à	60°	—	56	—
à	70°	—	38	—
à	80°	—	19	—
à	90°	—	0	— (c'est le pôle).

6. Le méridien de départ pour compter les longitudes est arbitraire et s'appelle *premier méridien.*

7. Plusieurs peuples prennent celui qui passe par leur observatoire. Ainsi le premier méridien des Français est celui qui passe par l'observatoire de Paris ; celui des Anglais, par l'observatoire de Greenwich, près Londres ; mais autrefois, d'après une ordonnance de Louis XIII, on faisait passer le premier méridien par l'île de Fer, l'une des Canaries (groupe d'îles à l'ouest de l'Afrique), comme étant la limite occidentale du monde connu.

8. La longitude, combinée avec la latitude, donne le moyen de déterminer la distance respective des différents pays de la terre.

9. La *latitude* est la distance d'un lieu quelconque à l'équateur.

10. Elle se compte sur le méridien et comprend 90° de chaque coté de l'équateur jusqu'aux pôles. C'est pourquoi on appelle *latitude septentrionale* ou *boréale* les degrés au nord de l'équateur, et *latitude méridionale* ou *australe* les degrés au sud de ce cercle.

11. Les cercles de latitude sont tracés horizontalement de l'est à l'ouest, et sont appelés *parallèles*, parce qu'ils sont parallèles à l'équateur. Leur intervalle est partout égal et compte 25 lieues, quand ils sont tracés de degré en degré.

12. Le nombre des méridiens et des parallèles est infini. Sur les globes et les cartes on se borne à tracer un méridien et un parallèle par chaque degré, ce qui donne trois cent soixante cercles dans les deux sens. Mais, le plus ordinairement, on ne trace les méridiens et les parallèles que de dix en dix degrés, ou seulement de quinze en quinze.

13. Dans ce dernier cas, chaque intervalle des méridiens figure l'espace d'une heure dans la marche apparente du soleil.

Comme il faut 24 heures pour que chaque point de la terre soit successivement éclairé, si l'on multiplie 15° par 24, on obtiendra 360°, qui, multipliés à leur tour par 25 lieues (distance d'un degré), donneront les 9,000 lieues de la circonférence du globe.

14. C'est au moyen de la longitude que l'on peut connaître la différence d'heure qui existe entre les divers pays de la terre. En effet, si 15° de distance représentent une heure de différence, 1° donnera quatre minutes de temps, 2° donneront huit minutes, etc.

15. Pour savoir quelle différence d'heure il y a entre deux pays désignés, il faut d'abord chercher la distance en longitude qui existe entre eux. Si le nombre de degrés trouvés n'égale pas 15°, on le multipliera par 4, et le produit représentera un certain nombre de minutes au-dessous d'une heure. Ce sera la différence d'heure demandée. Exemple : 12° multipliés par 4 donneront 48 minutes de temps.

Si la distance des deux pays égale 15°, il y aura une heure de différence ; si elle égale deux fois 15, il y aura deux heures, etc. ;

enfin, si la longitude excède une ou plusieurs fois 15, on multipliera cet excédant par 4, pour avoir des minutes qu'on ajoutera aux heures. Exemples : 24° renferment une fois quinze, plus 9 ; ils donneront 1 heure 36 minutes.

Autre exemple : 38° renferment deux fois 15, plus 8 ; ils donneront 2 heures 32 minutes.

Il faut remarquer que cette différence d'heure est en avance pour le pays situé à l'orient, et en retard pour le pays situé à l'occident d'un autre.

16. On appelle *antipodes* (pieds opposés) les peuples qui ont une longitude et une latitude diamétralement opposées; il en résulte qu'ils ont les saisons, les jours et les heures opposés aux nôtres.

17. Les antipodes de Paris sont situés sous le 49° de latitude sud, au sud-est de la Nouvelle-Zélande.

18. Si tous les êtres de la terre se maintiennent à sa surface, cela tient à la force attractive que le globe exerce sur tous les corps qui l'environnent.

XII. — Lune.

1. La *Lune* nous paraît plus grosse que les autres planètes parce qu'elle est plus près de nous, car son volume est environ cinquante fois plus petit que celui de la terre, et sa plus grande distance à notre globe ou apogée n'est que de 92,000 lieues (40,848 myriamètres). Sa plus petite distance, ou périgée, est de 81,000 lieues (35,964 myriamètres); ainsi sa distance moyenne est de 86,500 lieues (38,406 myriamètres).

2. Les mouvements de la lune sont : 1° celui de rotation qu'elle exécute sur elle-même; 2° celui de révolution qui se fait autour de la terre, d'occident en orient, en même temps que celui de rotation, c'est-à-dire en 27 jours 7 heures 43 minutes 4 secondes : c'est pourquoi nous voyons toujours le même hémisphère de la lune; 3° enfin, le mouvement qui l'emporte avec la terre autour du soleil dans l'espace d'une année.

3. La lune, qui est le seul satellite de la terre, diffère considé-

rablement par sa constitution physique de toutes les planètes de notre système planétaire.

4. La forme de la lune n'est pas un sphéroïde aplati sur les pôles comme la terre, le soleil et toutes les planètes ; sa forme est un sphéroïde renflé à l'équateur seulement aux extrémités du diamètre constamment dirigé vers la terre.

La lune n'a pas d'atmosphère, par conséquent pas d'eau ; il est reconnu que les surfaces, prises autrefois par les astronomes pour des mers ne sont que de grandes plaines grisâtres, où l'on distingue des accidents de terrain.

Cette planète présente au plus haut degré l'aspect d'une contrée volcanique ; elle est couverte de montagnes ayant jusqu'à 7,000 mètres de hauteur de plus que les montagnes les plus élevées de l'Europe.

A un jour brûlant où le soleil rayonne pendant 13 jours et demi sans être tempéré par l'atmosphère succède une nuit de même longueur et d'un froid excessif.

Or, toutes les conditions de notre vie organique manquant à la fois dans la lune, on peut donc admettre qu'il n'y a pas d'êtres vivants, tels du moins que nous les concevons.

5. On appelle *phases* de la lune les divers changements de forme et de lumière qu'elle offre dans son mouvement de révolution. Ces phases sont au nombre de quatre et se succèdent à environ sept jours d'intervalle.

6. La première de ces phases s'appelle *nouvelle lune* ou *conjonction* ; elle a lieu quand la lune se trouve entre le soleil et la terre, de sorte que le côté éclairé est tourné vers le soleil, et le côté obscur vers la terre. Elle se lève et se couche ce jour-là en même temps que le soleil. Cette circonstance, jointe à son défaut de lumière, fait que nous ne pouvons l'apercevoir, A (fig. 15).

Mais bientôt paraît à l'occident un filet lumineux qui, augmentant chaque jour à mesure que la lune avance sur son orbite, prend d'abord la forme d'un *croissant* et envahit peu à peu la moitié du disque lunaire. C'est alors qu'a lieu la deuxième phase ou *premier quartier*, B (fig. 15).

La lune, parvenue au quart de son orbite, présente donc la moitié de sa partie éclairée et la moitié de sa partie obscure. Le demi-cercle lumineux est tourné vers l'occident, par la raison que le soleil se trouve à l'ouest de la lune, puisqu'il est déjà au méridien lors du lever de cette planète, lequel a lieu à midi le jour du premier quartier.

En continuant de s'avancer vers l'orient et de s'éloigner du soleil par l'effet de son *mouvement propre*, elle augmente encore de lumière jusqu'à ce que son disque soit entièrement éclairé. La lune est alors arrivée à sa troisième phase, appelée *pleine lune* ou *opposition*, C (fig. 15).

Fig. 15.

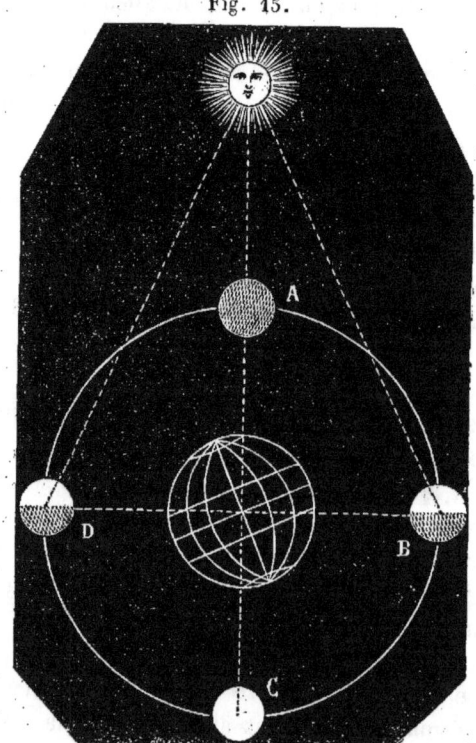

Arrivée dans cette phase à la moitié de sa révolution, et se trou-

vant opposée au soleil, elle nous présente l'hémisphère éclairé.
La terre est alors entre le soleil et la lune, qui se lève ce
jour-là au moment où le soleil se couche, et qui éclaire pendant
toute la nuit.

Mais peu à peu elle se lève plus tard, diminue de lumière, et commence à se rapprocher du soleil; et lorsqu'on n'aperçoit plus que
la moitié de son disque, c'est la quatrième phase ou *dernier quartier*, D (fig. 15).

A ce moment, la lune est parvenue aux trois quarts de son
orbite, et elle ne paraît éclairée qu'à moitié, comme au premier
quartier ; mais cette fois le demi-cercle lumineux est tourné vers
l'orient, parce que le soleil se trouve alors à l'est de la lune, dont
le lever a lieu à minuit le jour du dernier quartier, tandis que le
soleil ne paraît que quelques heures après. A mesure qu'elle se
rapproche du soleil, la lune perd graduellement sa lumière; on
ne voit bientôt plus qu'un *croissant*, puis enfin elle cesse de
paraître, le coté lumineux étant de nouveau tout à fait tourné
vers le soleil.

7. On dit que la lune est en *quadrature*, lorsqu'elle est au premier et au dernier quartier, parce que la ligne menée de la lune
à la terre et celle qui conduit de la terre au soleil forment
ensemble un angle droit. La nouvelle lune et la pleine lune sont
appelées *syzygies*.

Il est à remarquer que ces phases se reproduisent sur l'hémisphère, que nous ne voyons jamais, dans un ordre inverse, parce
que la lune, comme la terre et les antres planètes, a toujours une
moitié obscure et l'autre éclairée. Ainsi, à la nouvelle lune, lorsqu'elle est obscure de notre coté, elle est lumineuse du côté opposé.
A la pleine lune, c'est l'effet contraire. Au premier et au dernier
quartier, une moitié de son disque est éclairé et l'autre obscure;
il en est de même sur l'autre hémisphère. En un mot, lorsque la
partie lumineuse augmente sur le disque que nous voyons, elle
diminue sur l'autre et réciproquement. Or, ces divers changements
dans l'aspect de sa lumière se renouvelant à chaque révolution
de la lune, il en résulte qu'elle ne doit avoir qu'un jour et une

nuit dans l'espace d'un mois lunaire, c'est-à-dire de 28 jours environ, puisque, en effet, sa rotation se fait dans le même temps.

8. C'est donc pendant ce mois lunaire qu'elle tourne autour de la terre d'occident en orient, et cette direction fait qu'elle paraît à l'horizon trois quarts d'heure plus tard chaque jour.

9. Si, lorsqu'elle brille au ciel, elle nous semble s'avancer au contraire vers l'occident, cet effet apparent est produit par le mouvement diurne de la terre, de même qu'il le produit pour le soleil et tous les astres.

10. La lune, en exécutant autour de la terre ce mouvement appelé mouvement propre ou périodique, s'avance journellement d'environ 13° sur son orbite, tandis que la terre n'en parcourt qu'un à peu près sur le sien.

Pour se rendre compte de ce fait, il faut se rappeler que tout cercle ou orbite, quelle que soit sa grandeur, est divisé en 360° et que la révolution de la lune se fait en 28 jours, tandis que celle de la terre se fait en 365 jours. Or 28 est à 365 ce que 1 est à 13.

Il ne faut pas croire pour cela que le mouvement de la lune soit plus rapide que celui de la terre ; au contraire, car la lune ne parcourt qu'un peu plus de 13 lieues par minute, et la terre environ 380 ; mais on observera que l'orbite de la terre étant de plus de deux cents millions de lieues, et celui de la lune de 250,000 lieues à peine, les divisions doivent être plus petites dans ce dernier cercle que dans le premier. En effet, les degrés de l'un (l'orbite de la terre) seraient chacun de 575,000 lieues, et ceux de l'autre (l'orbite de la lune) de 1,450 lieues et demie environ.

11. La lune tourne autour du soleil en 354 jours, ce qui forme *l'année lunaire*, qui a conséquemment onze jours de moins que l'année solaire.

12. Cette différence a donné lieu aux *épactes*, c'est-à-dire l'âge ou le nombre de jours que compte la lune au commencement de chaque année.

13. Si, par exemple, la nouvelle lune a lieu le 1er janvier, l'épacte

sera zéro ; l'année suivante, l'épacte sera XI, parceque la nouvelle lune sera arrivée le 20 décembre, et comptera, en conséquence, onze jours lors du 1er janvier. En ajoutant ainsi onze jours chaque année, celle d'après l'épacte sera XXII, l'année d'ensuite XXXIII ; mais alors on ôte de ce nombre trente jours pour former un mois, et l'épacte se réduit à III. Voilà pourquoi chaque troisième année comprend treize lunaisons.

14. On continue ainsi pendant *dix-neuf ans ;* après lesquels on recommence le même calcul, car, au bout de cette période, appelée *cycle lunaire* ou *nombre d'or*, les nouvelles lunes reviennent aux mêmes quantièmes du mois. La première année du cycle a pour nombre d'or 1, la deuxième 2, la troisième 3, et ainsi de suite jusqu'à 19.

15. C'est, dit-on l'astronome athénien Méton qui découvrit le cycle lunaire, au Ve siècle avant Jésus-Christ.

16. On l'appela nombre d'or, parce qu'il fut regardé comme une découverte si belle, qu'on en gravait le calcul en caractères d'or.

Si l'on veut connaître le nombre d'or d'une année quelconque, il faut ajouter 1 au chiffre de cette année demandée, et le diviser par 19. Le reste de la division sera le nombre de l'année désignée. Exemple : si, après avoir ajouté 1 à 1863, on divise 1864 par 19, on aura 2 pour reste de la division. Ainsi le nombre d'or de 1863 est 2.

S'il n'y avait aucun reste à la division, c'est que l'année proposée serait la dernière du cycle, c'est-à-dire la 19e.

On ajoute 1 avant de faire la division, parce que l'année de la naissance de Jésus-Christ était la seconde du cycle lunaire.

17. La révolution de la lune autour de la terre est *périodique* ou *synodique.*

La révolution *périodique* ou *sidérale* est le temps que la lune emploie à revenir à un même point du ciel ; ce temps est de 27 jours 7 heures 43 minutes 4 secondes.

18. La révolution *synodique*, ou intervalle d'une nouvelle lune à l'autre, est le temps que la lune emploie à revenir en conjonction avec le soleil et la terre ; ce temps est de 29 jours 12 heures 44 mi-

nutes 3 secondes, et plus long que la révolution périodique de deux jours et cinq heures.

Cette période, qu'on appelle *mois lunaire* ou *lunaison*, est celle qu'on emploie dans l'usage civil ; mais alors on fait alternativement les mois lunaires de 29 et de 30 jours, ôtant ainsi à l'un ce que l'on donne à l'autre.

19. Cette différence de deux jours et cinq heures dans la durée de ces deux sortes de révolutions vient de ce que la terre s'étant avancée vers l'orient en parcourant son orbite, la lune, arrivée au point d'où elle était partie à la lune précédente, n'est plus en conjonction avec la terre et le soleil, et qu'il lui faut employer deux jours et cinq heures pour s'y retrouver.

20. Lorsque deux astres, vus de la terre, ont la même longitude, c'est-à-dire qu'ils sont situés sur un même grand cercle passant par les pôles de l'écliptique, on dit que ces astres sont en *conjonction* : ils sont en *opposition*, lorsque leurs longitudes diffèrent de 180°.

Ainsi on a la nouvelle lune lorsqu'elle est en conjonction avec le soleil, et la pleine lune dans les oppositions.

21. Le phénomène le plus intéressant qu'on observe aux bords de l'Océan est celui des *marées*: par un temps calme, on voit la mer se soulever pendant six heures et envahir le rivage jusqu'à une hauteur plus ou moins considérable. Au bout de six heures, ce mouvement ascendant qu'on appelle le *flux* s'arrête, et c'est alors la *marée haute*; bientôt se produit un mouvement en sens inverse; l'Océan se retire, le rivage se découvre, c'est le *reflux*. Après un intervalle de six heures, la mer est arrivée à son niveau le plus bas (*marée basse*); elle remonte alors de nouveau pour recommencer à descendre.

22. Ce mouvement périodique est dû à l'action de la lune sur le globe terrestre ; en moyenne, la marée monte et descend deux fois en 24 heures 51 minutes et offre une parfaite coïncidence avec la marche de la lune autour de la terre. Les marées hautes arrivent quand la lune est sur le méridien, tandis que les marées basses se reproduisent lorsque la lune est sur l'horizon.

23. Le soleil agit également sur la mer; mais son influence est beaucoup moindre à cause de sa grande distance. Cependant l'action du soleil devient très-sensible quand il est en conjonction ou en opposition avec la lune.

C'est pourquoi les marées les plus fortes correspondent aux syzygies, tandis que les marées les plus faibles arrivent aux quadratures.

XIII. — Éclipses.

1. On appelle *éclipse* la disparition passagère d'un astre causée par l'interposition d'un autre.

2. On distingue deux sortes d'éclipses : les *éclipses de soleil* et les *éclipses de lune*.

Les passages de Mercure et de Vénus sur le disque du soleil sont également des espèces d'éclipses.

3. Les éclipses de soleil arrivent au temps de la nouvelle lune, lorsque cette planète se trouve sur le plan de l'écliptique directement entre la terre et le soleil, de manière à nous cacher cet astre, A (fig. 16).

Fig, 16.

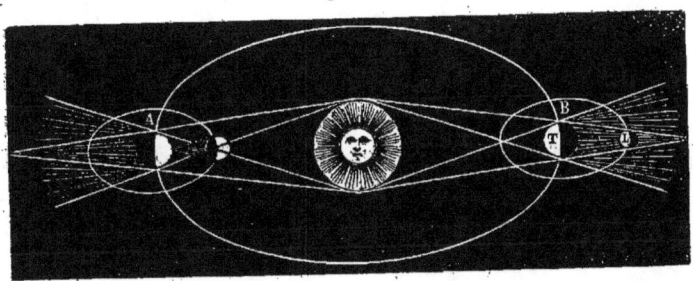

4. Les éclipses de soleil sont *totales, partielles* ou *annulaires ;* elles sont totales quand le soleil est entièrement éclipsé, partielles quand il ne l'est qu'en partie, et annulaires quand le soleil forme un anneau lumineux autour de l'ombre qui le couvre.

4

5. Les éclipses de lune arrivent au temps de la pleine lune, lorsque la terre se trouve directement placée entre le soleil et la lune, assez près de cette dernière pour la couvrir de son ombre, B (fig. 16). Les éclipses de lune sont totales ou partielles.

6. On comprend facilement que la terre, étant cinquante fois plus grosse que la lune, puisse intercepter la lumière du soleil à ce satellite ; mais il semble que la lune soit impuissante à intercepter ses rayons à la terre ; c'est que l'énorme distance du soleil diminue son disque de manière à pouvoir être éclipsé totalement ou en partie. Mais, pour que l'éclipse de soleil soit totale, il faut que la terre se trouve à l'aphélie et la lune au périgée, afin que le soleil, étant plus éloigné et paraissant conséquemment plus petit, puisse être couvert par la lune, qui paraît plus grande à cause de son rapprochement. Dans l'éclipse annulaire, la terre est, au contraire, au périhélie, et la lune à l'apogée, de sorte que cette dernière paraît trop petite pour cacher tout le soleil, et laisse dépasser le bord de son disque sous la forme d'un anneau.

7. Si l'orbite de la lune était sur le même plan que l'écliptique, il est évident qu'à chaque nouvelle lune il y aurait éclipse de soleil, et à chaque pleine lune éclipse de lune, et chacun de ces phénomènes se reproduirait une fois à chaque révolution de la lune ; mais l'orbite de cette planète est inclinée de cinq degrés et demi environ relativement à l'écliptique, de sorte que, se trouvant tantôt au-dessus, tantôt au-dessous de ce cercle, la lumière du soleil peut arriver sans obstacle, soit à la lune, soit à la terre.

8. Il faut donc, pour qu'il y ait éclipse, que la lune se trouve à l'un des *nœuds* au moment de l'opposition ou de la conjonction, c'est-à-dire à l'époque de la pleine lune ou de la nouvelle lune.

9. Les *nœuds* sont les deux points où se croisent l'orbite de la terre et celle de la lune.

10. Les nœuds n'occupent pas toujours les mêmes points de l'écliptique, car ils ont un mouvement rétrograde qui s'accomplit sur ce cercle dans l'espace d'un cycle lunaire (dix-neuf ans).

Au bout de ce temps, les nœuds se retrouvant dans la position où ils étaient 19 ans auparavant, et les nouvelles lunes revenant au même quantième du mois, il en résulte que l'on peut prédire facilement le retour des éclipses.

11. Ce qui est résulté de plus important de l'observation des éclipses totales, c'est que la surface du soleil est couverte de nuages qui peuvent avoir une influence considérable sur la lumière et la chaleur du soleil, indépendamment de ses taches ordinaires, qui couvrent parfois une portion assez considérable de son disque et qui ont été également reconnues comme une cause de refroidissement du soleil.

QUESTIONNAIRE

SUR LA COSMOGRAPHIE.

I. — Notions géométriques.

1. Qu'est-ce que la géométrie ?
2. Qu'appelle-t-on solide ? — 3. surface ?,— 4. ligne ?
5. Qu'est-ce qu'une ligne droite ? — courbe ? — parallèle ?
6. Qu'est-ce qu'un angle ? — Comment est formé l'angle droit ? — Qu'entend-on par angle aigu ? — angle obtus ?
7. Qu'est-ce qu'un cercle ?
8. Qu'appelle-t-on diamètre ?
9. Qu'est-ce que le rayon d'un cercle ? — l'arc d'un cercle ?
10. Qu'entend-on par cercles parallèles ?
11. Comment se divise la circonférence d'un cercle ?
12. Qu'est-ce qu'une ellipse ?
13. Qu'est-ce qu'une sphère ?

II. — Cosmographie en général.

1. Qu'est-ce que la cosmographie ?
2. Qu'appelle-t-on ciel ?
3. Qu'est-ce que l'astronomie ?
4. Comment se divisent les astres ?

III. — Étoiles fixes.

1. Qu'est-ce que les étoiles fixes ?
2. Pourquoi sont-elles appelées ainsi ?
3. Donnez une idée de leur éloignement ?
4 et 5. Pourquoi paraissent-elles de grandeur différente ?
6. Qu'entend-on par scintillation ?

7. Qu'appelle-t-on étoiles de deuxième grandeur ?
8. Combien compte-t-on d'ordres de grandeur ?
9. Quel est le nombre des étoiles visibles à l'œil nu ?
10. Que pense-t-on de ces astres ?
11. Quelle remarque fait-on sur la couleur des étoiles ?
12. Qu'observe-t-on en outre dans le ciel ?
13. Qu'est-ce que la voie lactée ? — Que pense-t-on des nébuleuses en général ?
14. Qu'appelle-t-on constellations ?
15. Quelles sont les plus remarquables ?

Soleil.

1. Qu'est-ce que le soleil ?
2. Que pense-t-on de sa composition ?
3. D'où proviennent sa lumière et sa chaleur ?
4 et 5. Le soleil a-t-il aucun mouvement ?
6. Quel est son volume et sa distance à la terre ?
7. En combien de temps sa lumière nous arrive-t-elle ?

Zodiaque.

1. D'où vient le mot zodiaque ?
2. Qu'est-ce que le zodiaque ?
3 et 4. Comment se divise le zodiaque ?
5. Nommez les signes du zodiaque ?
6. Quelle distinction doit-on faire entre les signes et les constellations du zodiaque ?
7 et 8. Quelles sont les constellations au nord du zodiaque ?—au sud du zodiaque ?

IV. — Sphère céleste.

1. Quel est le mouvement apparent de tous les astres ?
2. Qu'appelle-t-on pôles du monde ?
3. D'où viennent les noms d'arctique et d'antarctique ?
4. Quels sont les points du globe déterminés par les pôles ?

5. Quels sont ceux déterminés par le soleil levant et le soleil couchant ?

6. A quoi servent les points cardinaux ?

7. Pourquoi a-t-on imaginé les cercles de la sphère ?

8. Qu'est-ce que les grands cercles ?

9. Nommez les grands cercles. — les petits cercles.

10. Qu'est-ce que l'équateur ?

11. Pourquoi l'appelle-t-on aussi ligne équinoxiale ?

12. Qu'est-ce que les méridiens ?

13. Qu'est-ce que l'écliptique ?

14. Pourquoi est-il ainsi appelé ?

15. Quelle est la position de ce cercle ?

16. Qu'appelle-t-on points équinoxiaux ?

17. A quelle époque a lieu l'équinoxe de printemps ? — l'équinoxe d'automne ?

18. Qu'appelle-t-on points solsticiaux ?

19. Que remarque-t-on sur la position des points équinoxiaux ?

20 et 21. Dans quel signe du zodiaque se trouve aujourd'hui le point équinoxial ?

22. Par qui a été constaté ce déplacement ?

23. Qu'est-ce que l'horizon ?

24. Combien y a-t-il de sortes d'horizons ?

25. Qu'appelle-t-on zénith et nadir ?

26. A quoi sert l'horizon dans les sphères ?

27. Qu'est-ce que les colures ?

28. Nommez les petits cercles.

29. Qu'est-ce que les tropiques ?

30. Quels noms portent-ils ?

31. Pourquoi sont-ils appelés tropiques ?

32. Qu'appelle-t-on solstice d'été ? — solstice d'hiver ?

33. Qu'est-ce que les cercles polaires ?

V. — Planètes, Satellites et Comètes.

1. Qu'est-ce que les planètes ?

2. Quels sont leurs mouvements ?

3. Quelles sont les planètes les plus connues ?
4. En combien de temps Mercure accomplit-il sa révolution ? — sa rotation ?
5. Quel est son volume ?
6. Que dit-on de sa lumière et de sa chaleur ?
7. Quelle remarque fait-on sur la planète Vénus ?
8. Quels autres noms porte-t-elle ?
9. En combien de temps fait-elle sa révolution ? — sa rotation ?
10. Quel est son volume ?
11. Qu'y a-t-il à dire sur sa lumière et sa chaleur ?
12. En combien de temps la Terre fait-elle sa révolution ? — sa rotation ?
13. Quel est le volume de la planète Mars ?
14. En combien de temps fait-il sa révolution ? — sa rotation ?
15. Quel est son degré de chaleur et de lumière ?
16. Connaît-on la révolution et la rotation des planètes télescopiques ?
17. Quelle remarque fait-on sur la planète Jupiter ?
18. Quel est son volume ?
19. Quelle est la durée de sa rotation et de sa révolution ?
20. Que dit-on de sa lumière et de sa chaleur ?
21. Quelle est sa distance au soleil ?
22. Combien cette planète a-t-elle de satellites ?
23. Quel est le volume de la planète Saturne ?
24. En combien de temps fait-il sa rotation et sa révolution ?
25. Quel est son degré de lumière et de chaleur ?
26. Quelle est sa distance au soleil ?
27. Qu'est-ce que Saturne présente de particulier ?
28. A quelle époque la planète Uranus fut-elle connue ?
29. Quel est son volume ?
30. Quelle est la durée de sa révolution et de sa rotation ?
31. Quelle est sa distance au soleil ?
32. Combien a-t-il de satellites ?
33. Quel est le volume de Neptune ?
34. Quelle est sa distance au soleil ?
35. En combien de temps fait-il sa révolution et sa rotation ?

36. Combien a-t-il de satellites ?

37. Quelle remarque fait-on sur les intervalles des orbites des planètes ?

38. Comment les astronomes modernes classent-ils les planètes qui tournent autour du soleil ?

39. Quelles sont les planètes télescopiques qui furent découvertes les premières ?

40. Qu'appelle-t-on orbite d'une planète ?

41. Qu'entend-on-on par aphélie ? — périhélie ?

42. Le mouvement des planètes est-il toujours égal ?

43. Qu'est-ce que les satellites ?

44. Combien en connaît-on ?

45. Qu'est-ce que les comètes ?

46. Qu'appelle-t-on queue ou chevelure d'une comète ?

47. Que pense-t-on de cette vapeur lumineuse ?

48. Quelle remarque fait-on sur le noyau des comètes ?

49. Connaît-on beaucoup de comètes ?

50. Quelles sont celles dont on connaît la révolution ?

51. Qu'est-ce que l'attraction ?

52. Qu'entend-on par le carré d'un nombre ?

53. Qu'est-ce que la projection ?

54. Qu'est-ce que la gravitation universelle ?

55. Qu'appelle-t-on système planétaire ?

56. Donnez quelques détails sur les systèmes de Ptolémée, de Copernic et de Tycho-Brahé.

57. Quelles découvertes doit-on à Galilée ?

VI. Terre.

1. Quelle est la forme de la terre ?

2. Comment sa rondeur est-elle prouvée ?

3. Que produit le mouvement diurne de la terre ?

4 et 5. Pourquoi dit-on que le soleil se lève et se couche ?

6. Qu'appelle-t-on les pôles terrestres ?

7. Nommez les cercles de la sphère terrestre ?

8. Qu'est-ce que les méridiens terrestres ?

9. Quelle remarque fait-on à propos du méridien ?

10. Que désignent les méridiens à l'orient ? — ceux à l'occident ?

11. A quoi le méridien a-t-il servi de base ?

12. Qu'est-ce que l'équateur terrestre ?

13. Qu'est-ce que les tropiques et les cercles polaires terrestres ?

14. Qu'appelle-t-on parallèles ?

15. Quelle est la circonférence de la terre ? — son diamètre ?

16. Quelle est sa distance au soleil ?

17. Quel est son volume ?

VII. — Mouvement annuel de la terre.

1. Expliquez la rapidité du mouvement annuel de la terre.

2. Qu'appelle-t-on année ?

3. Combien distingue-t-on de sortes d'années ?

4. Qu'est-ce que l'année sidérale ? — l'année tropique ?

5. D'où vient la différence entre l'année sidérale et l'année équi-noxiale ?

6. Qu'est-ce que l'année civile ? — le calendrier ?

7. Pourquoi l'année commune ne comprend-elle que 365 jours ?

8. D'où vient le nom de bissextile ?

9. Qu'appelait-on calendes ?

10. Est-il bien exact de compter 366 jours dans l'année bissextile ?

11. Comment réforme-t-on cette inexactitude ?

11 bis. Qu'entend-on par calendrier Julien et calendrier Grégorien ?

12. A quelle époque fit-on usage du calendrier républicain ?

13. Quels noms portaient les mois de l'année républicaine ?

14. Depuis quand l'année commence-t-elle le 1er janvier ?

15. Comment se divise l'année actuelle ?

16. Quelle est l'étymologie des mois de l'année ? — celle des jours de la semaine ?

17. Qu'appelle-t-on lettre dominicale ?

18. Qu'est-ce que le cycle solaire ?

19. Que faut-il faire pour trouver l'année du cycle solaire ?

VIII. — Saisons.

1. Que produit le mouvement annuel de la terre ?
2. Quelle est la position de son axe ?
3. Expliquez ce qui arrive : 1º à l'équinoxe de printemps ; 2º au solstice d'été ; 3º à l'équinoxe d'automne ; 4º au solstice d'hiver.
4. Quelle est la durée de chaque saison ?
5. Pourquoi sont-elles d'inégale durée ?
6. Pourquoi chaque pôle a-t-il six mois de jour et six mois de nuit consécutifs ?
7. Pourquoi les jours et les nuits sont-ils toujours égaux à l'équateur ?

IX. — Zones.

1. En combien de zones la terre est-elle partagée ?
2. Que remarque-t-on dans la zone torride ?
3. Par quel cercle est-elle traversée ?
4. Qu'y a-t-il à observer dans cette zone relativement à la durée du jour ?
5. Donnez quelques détails sur les zones tempérées ?
6. Quelle est la durée du plus long jour au tropique ? — au cercle polaire ?
7. Pourquoi les zones glaciales sont-elles ainsi nommées ?
8. Qu'y remarque-t-on à l'égard du jour et de la nuit ?

X. — Positions de la sphère.

1. D'où viennent les expressions de sphère droite ? — oblique ?
2 et 3. Dans quelle position la sphère se trouve-t-elle le plus ordinairement ?
4. Pour quels peuples la sphère est-elle dite droite ?
5. Comment leur ombre se trouve-t-elle placée ?
6. Pour quels peuples la sphère est-elle dite oblique ?
7. Comment se trouve situé l'horizon dans cette position ?
8. Quelle est la direction de l'ombre dans chaque zone tempérée ?
9. Pour quels peuples la sphère est-elle parallèle ?

10. Comment est situé l'horizon dans cette position ?

11 et 12. Quelle est la position de l'ombre dans les zones glaciales ?

13. Quelle est la position des rayons du soleil dans la zone torride ?— dans les zones tempérées ? — dans les zones glaciales ?

14. Quel effet produit l'obliquité des rayons du soleil ?

XI. — Longitude et Latitude.

1. D'où viennent les noms de longitude et de latitude ?

2. Qu'est-ce que la longitude ?

3. Qu'entend-on par longitude orientale ? — occidentale ? — et sur quel cercle se compte-t-elle ?

4. Comment sont tracés les cercles de longitude ?

5. Qu'y a-t-il à remarquer sur leur intervalle ?

6. Qu'entend-on par premier méridien ?

7. Quel était autrefois le premier méridien ?

8. Que fait-on à l'aide de la longitude et de la latitude ?

9. Qu'est-ce que la latitude ?

10. Qu'entend-on par latitude septentrionale ? — australe ? — et sur quel cercle se compte-t-elle ?

11. Comment sont tracés les cercles de latitude ?

12. Comment les cercles de longitude et de latitude sont-ils tracés sur les globes et sur les cartes ?

13. Que représentent les méridiens tracés de quinze en quinze degrés ?

14. Comment peut-on connaître la différence d'heure qui existe entre les divers pays de la terre ?

15. Que faut-il faire pour connaître la différence d'heure entre deux pays ?

16. Qu'appelle-t-on antipodes ?

17. Où sont situés ceux de Paris ?

18. Qu'est-ce qui maintient tous les corps à la surface de la terre ?

XII. — Lune.

1. Pourquoi la lune nous paraît-elle plus grosse que les autres planètes ?— Quel est son volume ?—Quelle est sa distance à la terre ?

2. Quels sont les mouvements de la lune ?

3. Que remarque-t-on sur sa constitution physique ?

4. Quelle est la forme de la lune ? — quel est son aspect ?

5. Qu'appelle-t-on phases de la luue ?

6. Quand a lieu la nouvelle lune ? — le premier quartier ? — la pleine lune ? — le dernier quartier ?

7. Qu'entend-on par quadrature et syzygie ?

8. Pourquoi la lune se lève-t-elle chaque jour trois quarts d'heure plus tard ?

9. D'où vient qu'elle paraît se diriger vers l'occident ?

10. Expliquez pourquoi la lune parcourt 13° sur son orbite, tandis que la terre n'en parcourt qu'un sur la sienne ?

11. Qu'appelle-t-on année lunaire ?

12. Qu'entend-on par épactes ?

13. Expliquez la manière de connaître les épactes ?

14. Qu'est-ce que le cycle lunaire ?

15. Par qui fut-il découvert ?

16. Pourquoi l'appelle-t-on nombre d'or ?

17. Qu'est-ce que la révolution périodique ?

18. Qu'est-ce que la révolution synodique ?

19. D'où vient la différence de deux jours cinq heures dans ces deux révolutions ?

20. Que signifie être en conjonction ? — en opposition ?

21. Expliquez le phénomène des marées.

22. A quoi sont-elles attribuées ?

23. Le soleil influe-t-il sur les marées ?

XIII. — Éclipses.

1. Qu'appelle-t-on éclipses ?

2. Combien y a-t-il de sortes d'éclipses ?

3. Quand les éclipses de soleil ont-elles lieu ?

4. Qu'entend-on par éclipses totales ? — partielles ? — annulaires ?

5. Quand arrivent les éclipses de lune ?

6. Expliquez comment la lune peut éclipser un corps aussi gros que le soleil.

7. Qu'arriverait-il si l'orbite de la lune était sur le même plan que celle de la terre ?

8. Où doit se trouver la lune pour qu'il y ait éclipse ?

9. Qu'appelle-t-on nœuds ?

10. Donnez quelques détails sur ces nœuds ?

11. Qu'est-ce qui est résulté de plus important de l'observation des éclipses ?

FIN DU QUESTIONNAIRE.

Paris. — Impr. Paul Dupont, 45, rue de Grenelle-Saint-Honoré. (2483-3459)

PARIS. IMP. PAUL DUPONT, RUE DE GRENELLE-SAINT-HONORÉ, 45. — (3489)

www.ingramcontent.com/pod-product-compliance
Lightning Source LLC
Chambersburg PA
CBHW060801180626
46818CB00002B/656